In den Herzen ein Licht

Frohe Weihnachten

AUSGEWÄHLT UND HERAUSGEGEBEN
VON ULRICH SANDER

Patmos Verlag

VERLAGSGRUPPE PATMOS

PATMOS
ESCHBACH
GRÜNEWALD
THORBECKE
SCHWABEN

Die Verlagsgruppe
mit Sinn für das Leben

MIX
Papier aus verantwortungsvollen Quellen
FSC® C014496
FSC www.fsc.org

Für die Schwabenverlag AG ist Nachhaltigkeit ein wichtiger Maßstab ihres Handelns. Wir achten daher auf den Einsatz umweltschonender Ressourcen und Materialien.

www.patmos.de

Gesamtgestaltung: Finken & Bumiller, Stuttgart
Druck: GGP Media GmbH, Pößneck
Hergestellt in Deutschland
ISBN 978-3-8436-0806-0 (blaue Ausgabe)
ISBN 978-3-8436-0862-6 (rote Ausgabe)

Einladung

Weihnachten ist eine Zeit der Lichter. Für mich beginnt die Lichterzeit schon im November, wenn die Kinder an Sankt Martin ihre Laternen abends durch die Straßen tragen. Die bekannte Geschichte von dem Heiligen, der die Hälfte seines Mantels dem Bettler herschenkte, erzählt ja auf ihre Weise die weihnachtliche Botschaft des Teilens und Schenkens. Im Dezember begleiten uns dann die Lichter des Adventskranzes, die das Fest immer näher rücken lassen. Der erste Adventskranz, für Waisenkinder in einem alten Bauerngut vor Hamburg, dem »Rauen Haus«, entzündet, hatte 24 Kerzen, ein Adventskalender aus Licht. Etwa in der Mitte der Adventszeit ist ein ganz besonderes Lichterfest, das in Schweden (und von dort bis nach Norddeutschland ausstrahlend) mit einem eigenen Brauch gefeiert wird. Am 13. Dezember halten die »Luzia-Mädchen« in weißen Kleidern und mit einem Kranz brennender Kerzen auf dem Kopf Umzug. Sie erinnern damit an die heilige Luzia, die nach der Legende nachts unterwegs war, um Verfolgten in ihren Verstecken zu helfen und sich dafür Lichter auf den Kopf setzte, damit sie die Hände zum Helfen frei hatte.

Und schließlich gehört der Lichterbaum zum Weihnachtsfest, der mit seinen Kugeln und all dem Schmuck an den Lebensbaum des Paradieses erinnern soll. »Heut schließt Gott wieder auf die Tür zum schönen Paradeis«, heißt es in einem alten Weihnachtslied. Die Botschaft des Christbaums lautet: All die Kerzen und Lichter sind ein Widerschein aus dem Paradies. Dazu ist das Kind aus Betlehem zu uns gekommen. Dass Friede wird auf der Erde. Dass alle Feindschaft zwischen Menschen und zwischen den Menschen und der Schöpfung überwunden wird. Die Gedichte, Geschichten und Gedanken dieses Lesebuchs erzählen alle auf ihre Weise davon.

Und auch wenn es oft aussieht, als habe die Finsternis die Oberhand – in Geschichte und Politik oder im persönlichen Leben –, vermag niemand das Licht auszulöschen, das Weihnachten in den Herzen der Menschen entzünden kann.

Das ist das Schönste an Weihnachten!

Ulrich Sander

Inhalt

Zeit der Sehnsucht

ANDREA SCHWARZ
Zeit der Sehnsucht 14

VRENI MERZ
Brich einen Zweig 17

STEFAN WEIGAND
Barbara und Nikolaus 18

MAX FEIGENWINTER
Wach sein 20

HEINRICH BEDFORD-STROHM
Zeit, um aufzustehen 21

CORNELIA ELKE SCHRAY
Weihnachtsgeschenke 26

FRANZ KAMPHAUS
Zeit der Erwartung 27

LOTHAR ZENETTI
Zeit genug 30

Mit Engelsflügeln

DORIS BEWERNITZ
Vom Engel, der die Zeit anhielt 32

MARGOT KÄSSMANN
Zeit der Engel 33

ULRICH PETERS
Der Engel mit den gebrochenen Flügeln 38

UWE WOLFF
Jedes Kind hat einen Engel 48

Ein Licht in der Nacht

WERNAUER ADVENTSKALENDER
Die nächste Seite 50

DIE BIBEL
Ein Licht strahlt auf 52

SIMON DACH
Das große Licht 53

HILDEGUND KEUL
Von Engeln und Hirten 55

DIETRICH BONHOEFFER
Weihnachten feiern 60

JÖRG ZINK
Das innere Kind 62

DORIS BEWERNITZ
Botschaft der Engel 64

HEINRICH BEDFORD-STROHM
Gesegnete Tage 65

PAUL WEISMANTEL
Sternstunden 72

REGINA GROOT BRAMEL
Das Jesuskind im Altersheim 73

MAX BOLLIGER
Der Hund an der Krippe 76

CHRISTA SPILLING-NÖKER
Das perfekte Weihnachtsfest 79

Eine Rose im Schnee

DORIS BEWERNITZ
Die Christrose 90

CHRISTA SPILLING-NÖKER
In der Mitte des Winters 92

NACH EINER LEGENDE
Das Geschenk des Hirten 93

ULRICH SANDER
Die Blume der Dichter 94

JOHANNES TROJAN
Die Christrose 95

SELMA LAGERLÖF
Die Legende von der Christrose 96

In ein neues Jahr

CHRISTA SPILLING-NÖKER
Zeit-Segen 106

PIERRE STUTZ
Bei mir selber zu Hause sein 107

ANDREA SCHWARZ
Dem Frühling entgegen blühen 110

MAX FEIGENWINTER
Heute 113

NACH LEO TOLSTOI
Die drei Fragen 114

RAINER HAAK
Glücklich ins neue Jahr 119

ANTJE SABINE NAEGELI
Das Mondharfenlied 121

Autorinnen und Autoren 123

Quellen 126

Zeit der Sehnsucht

Zeit der Sehnsucht

ANDREA SCHWARZ

Advent – meiner Sehnsucht trauen lernen. Den Mut bekommen, neu aufzubrechen, loszugehen, auf der Spur meiner Sehnsucht. Auf die Stimme des Engels hören, dem Stern folgen, der Verheißung glauben.

Ich gebe zu, die »To-do-Listen« in diesen Tagen sehen bei den meisten anders aus: Weihnachtspost schreiben, Geschenke organisieren, Lachs vorbestellen, Parkplatz suchen, Adventsfeiern, Plätzchen backen ... Okay – das alles kann helfen, dass Weihnachten dieses Jahr zu einem tollen Fest wird. Advent aber will mehr.

Advent will, dass mein Leben zu einem Fest wird. Advent will meinen Aufbruch ins Leben. Und dann mag es nicht so wichtig sein, ob die Fenster geputzt sind, alle Weihnachtspost geschrieben ist, die Päckchen rechtzeitig zur Post gebracht sind. Dann kann es wichtiger sein, eine halbe Stunde in der stillen Kirche zu sitzen, ein gutes Buch zu lesen, den Vögeln am Futterhäuschen zuzuschauen.

Damit die Sehnsucht wachsen kann, braucht es Zeiten der Stille, des Hörens, des Schauens, des Seins – und nicht noch mehr Zeiten des Tuns und Machens. Advent will Sehnsucht …

Wer in seiner Sehnsucht ankommen will, muss aufbrechen – und wer aufbrechen will, muss loslassen lernen. Wer das nicht kann oder nicht will, wird zu Hause bleiben. Aber dann werde ich auch Weihnachten nicht entdecken können.

Loslassen, all das, was mich bindet und festhält. Die vielen »man sollte aber noch …« und »das haben wir doch schon immer so gemacht«. So wird man Weihnachten nicht finden, sondern nur das, was schon immer so war. Weihnachten aber ist neu und anders. Und man muss es suchen gehen, so wie sich die Hirten auf den Weg gemacht haben und ihre Herden zurückgelassen haben. Und wie die drei weisen Männer aus dem Osten den Mut hatten, einem Stern zu folgen, der noch nie da war. Die Einwohner von Betlehem, die zu Hause geblieben sind, haben Weihnachten nicht gefunden. Zumindest wird nichts davon erzählt, dass einer von ihnen an der Krippe auftauchte.

Loslassen, sich nicht besitzen lassen von dem, was man besitzt. Nicht darauf fixiert sein, alles festzuhalten und zu behalten. Loslassen, um offen zu werden für das andere – Weihnachten. Übrigens: »Die Dinge loszulassen bedeutet nicht, sie loszuwerden.

Sie loslassen bedeutet, dass man sie sein lässt« (Jack Kornfield, US-amerikanischer Buddhist). Das ist Advent.

Advent ruft heraus – weil da eine Sehnsucht ist. Da muss doch mehr als alles sein. Ja, da ist mehr. Da ist mehr als all das, mit dem ich mich zufriedengegeben habe. Das, was ist, reicht nicht. ...

Weil meinc Sehnsucht mich lehrt, welche Wege nicht zum Leben führen. Weil ich vielleicht umkehren muss, aus Sackgassen und Holzwegen. Weil ich vielleicht erkennen muss, dass ich in der Schule des Lebens erfolgreich sitzengeblieben bin. Weil ich aus meinem Leben nicht das gemacht habe, was ich hätte machen können.

Advent lädt dazu ein, sich von all dem zu verabschieden – von den Holzwegen und Sackgassen und Wohnlandschaften meines Lebens. Und neu den Aufbruch zu wagen ... noch mal zu beginnen.

Wer aufbricht, der verlässt die Sicherheiten, der macht sich auf den Weg, der setzt sich Wind und Wetter aus, der riskiert was.

In dem Sinn ist Advent gefährlich. Wer adventlich lebt, zeigt sich, kommt hervor, macht sich berührbar. Der ist auf dem Weg ... unbequem und unbehaust.

Aber der ist in guter Gesellschaft: mit Maria und Josef unterwegs, mit den drei Weisen, die dem Stern folgen, mit den Hirten, die ihre Herden verlassen.

Aufbruch ins Leben – Advent.

Brich einen Zweig

VRENI MERZ

Im Wald, im Garten
habe ich den Ast gefunden,
scheinbar leblos –
totes Sommergrün.

Doch heute ist dein Tag,
Sankt Barbara!
Ich hole diesen Zweig ins
helle Zimmer
und stelle ihn ins warme Wasser ein.

Ihm schenk ich regelmäßig
einen Blick am Fenstersims.

Er wird sich regen,
eines Tages knospen,
mitten in der Kälte
Blüten treiben –
wunderbar.

Barbara und Nikolaus

STEFAN WEIGAND

Barbaratag. So nennt der Volksmund den 4. Dezember. Der Tag ist mit einer Tradition verbunden: Man stellt einen Obstbaumzweig in eine Vase, und mit etwas Glück haben sich die Knospen bis Weihnachten geöffnet. Der Brauch geht auf eine Erzählung zurück, in der ein Zweig am Gewand der heiligen Barbara hängen bleibt, als sie ins Gefängnis gebracht wird. Wenige Tage später blüht er dort auf und schenkt der Heiligen Zuversicht. Wenn man so will, könnte man sagen: Mitten in der größten Bedrängnis, mitten im größten Trubel bekomme ich das geschenkt, was mir Kraft und Trost gibt. Ich mag den Gedanken, weil er eben nicht sagt: Wenn du gestresst bist, mach einfach mehr Entspannungsübungen. Oder: Bring einfach deine Work-Life-Balance in Ordnung und dann passt schon alles wieder irgendwie. Nein, er sagt mir, dass auch dunkle und anstrengende Zeiten zum Leben gehören. Tage und Wochen, in denen die ganze Familie mit Grippe zu kämpfen hat. Ein Elternteil, das im Krankenhaus liegt. Die Eingewöhnungsphase der Kleinen im Kindergarten, die ganz schön frustrierend ausfällt. Wenn ich solchen Zeiten ins Auge sehe und mich dazu austausche, macht das mich stark. Dann bringe ich mein Leben wieder zum Blühen.

Der Nikolaus nimmt dann die Schnuller mit – das haben wir mit unserer Tochter ein paar Tage vorher ausgemacht. Am Abend vor dem Nikolaustag hat die Kleine ganz stolz die vier, fünf Schnuller, die aus diversen Schubladen, Taschen und Regalen aufgetaucht sind, in die bereitgestellten Gummistiefel gelegt. Dann ging's ins Bett. Wir waren ganz baff. Weil wir eigentlich erwartet hatten, dass es ein Drama gibt. Auch in den nächsten Tagen und Wochen: kein Gezeter und keine Beschwerden. Schnuller? »Brauch ich nicht mehr. Die sind beim Nikolaus!« Im Prinzip hat uns da unsere Tochter eine eigene Nikolaus-Geschichte erleben lassen. Vom heiligen Nikolaus ist überliefert, dass er Menschen half, die in der Patsche saßen oder vor lauter Sorgen kaum eine Zukunft sahen. Über Nacht gab er einer armen Familie drei Goldäpfel, der hungernden Bevölkerung einer Stadt besorgte er eine Schiffsladung voller Getreide. Bei uns war es zwar nicht so schlimm. Aber auch wir haben ein Wunder erlebt: nämlich dass unsere Sorgen über eine schlimme Zeit des Schnuller-Entzugs völlig unbegründet waren. Dass es das Leben besser mit uns meinte, als wir dachten. Wundervoll.

Wach sein

MAX FEIGENWINTER

Wach sein,
das Leise hören,
das Kleine sehen,
das Feine spüren,
das Zarte pflegen.

Wach sein,
einen Schritt wagen,
die Hand anbieten,
liebevoll fördern,
behutsam fordern.

Wach sein,
Neues entdecken.

Zeit, um aufzustehen

HEINRICH BEDFORD-STROHM

Die Zeit vor Weihnachten kündigt eine große Veränderung für alle Menschen an, egal in welcher Lebenssituation. An Weihnachten geschieht etwas, das den Einzelnen anrührt und die Welt in Bewegung bringt: Gott zeigt sich im Menschen. Mit wunderbaren Bildern illustriert die Bibel, wie die Menschen sich auf diese Wirklichkeit von Weihnachten vorbereiten können. Viele davon sind vertraut: Das Licht scheint in der Dunkelheit. Macht hoch die Tür! Der König kommt zu dir. Wacht auf! Seid bereit, Gott zu empfangen. [...]

Ich weiß nicht, ob Sie Frühaufsteher sind oder ob Sie morgens gerne ausschlafen. Aber ich glaube, jeder von uns kennt dieses Gefühl, geweckt zu werden und doch nichts mehr zu ersehnen, als weiterschlafen zu dürfen. Bei den Tatort-Folgen im Fernsehen am Sonntagabend ist es fast schon eine klassische Szene, dass der Tatort-Kommissar im Bett liegt und der Wecker oder das Telefon klingelt, und es dauert eine halbe Ewigkeit, bis der Schlaf überwunden und der arme Mensch handlungsfähig ist. Ja, man möchte sich einfach auf die andere Seite drehen und weiterschlafen. Es dauert zuweilen ziemlich lange, bis man den Wecker hört und beginnt, von Nacht auf Tag umzuschalten.

Aber genau darum geht es im Advent: von Nacht auf Tag umzuschalten. Wachwerden, das heißt, von der Furcht zur Zuversicht aufzustehen. Es heißt, nicht mehr zu liegen, sondern zu stehen, seinen Mann und seine Frau zu stehen. Es heißt, die Lähmung zu überwinden und in Bewegung zu kommen. Es heißt, von verschlossenen Augen hin zu offenen Augen zu kommen, die die Welt und ihre Zerrissenheit wahrnehmen. Und es heißt, nicht länger in der Dunkelheit zu verweilen, sondern auf das Licht zu schauen und hin zum Licht aufzubrechen.

Das ist die Perspektive des Advents. »Macht hoch die Tür, die Tor macht weit. Es kommt der Herr der Herrlichkeit«, so heißt es in einem beliebten Adventslied.

Wenn Sie es singen, können Sie schon ein wenig von dem spüren, was die Worte sagen. Vielleicht werden die Tore Ihres Herzens dann weit und öffnen sich für dieses Gefühl der Wärme und Zuversicht, das mit dem Advent verbunden ist. Das in den vielen Lichtern auf Adventskränzen und Christbäumen in der Dunkelheit so sinnlich sichtbar ist, dass es sogar für die Menschen einen Zauber entwickelt, die heute kaum noch etwas von der guten Botschaft wissen, die dahintersteckt.

Es gibt ja ganz unterschiedliche Möglichkeiten, auf all das Flüchtlingselend, die Terrorgefahr, den Klimawandel und all die anderen Probleme der Welt zu reagieren. Eine mögliche Reaktion ist schlicht die Angst. Man zieht sich zurück. Man versucht, alles zu vermeiden, was irgendwelche Risiken für das eigene Leben bedeuten könnte. Und man hofft einfach, dass die Gefahr irgendwie verschwindet und bis dahin ein effektiver Sicherheitsapparat die Risiken begrenzt.

Eine zweite mögliche Reaktion ist die Flucht auf die private Insel. Man kann und will all die Meldungen über Krieg und Gewalt nicht mehr hören. Man schaltet um aufs andere Programm, wenn wieder eine Sondersendung angesetzt ist, die einmal mehr ›runterzieht‹. Ein guter Rotwein und eine amüsante Liebeskomödie wirken manchmal Wunder gegen die aufkommende Verzweiflung. Oder wir reagieren genau umgekehrt. Wir mobilisieren die letzten Kräfte, um persönlich zu helfen, wo immer wir können. Wir gehen an unsere Grenzen oder sogar darüber hinaus, weil jeder Mensch, dem geholfen wird, ein Stück Licht in der Dunkelheit bedeutet. Vielleicht kennen wir alle drei Antworten von uns selbst. Vielleicht reagieren wir auch in einer Mischung aus allen dreien: der Angst vor der Gefahr, dem Rückzug auf die private Insel zur Regeneration und der verstärkten Hilfsaktivität. [...]

Es ist viel Vertrauen, das uns der Advent abverlangt. Das Vertrauen, dass all das Unheil nicht das letzte Wort ist. Das Vertrauen, dass die Dunkelheit weichen wird. Das Vertrauen, dass unser Herr kommt. Woher kommt dieses Vertrauen? Vielleicht gibt es Menschen, denen ein solches Vertrauen einfach mitgegeben ist, die aus einem Urvertrauen leben, dessen Wurzeln man nicht wirklich zurückverfolgen kann. Die Psychologen würden wahrscheinlich am ehesten in der frühen Kindheit bei den Elternbeziehungen auf Spurensuche gehen. Aber glücklicherweise lässt sich ein Leben aus Vertrauen nicht auf solche günstigen Bedingungen reduzieren. Glücklicherweise ist unser Leben in mehr eingezeichnet als unsere familiären Wurzeln, die eben so oder so ausfallen können.

Glücklicherweise ist unsere Biografie eingeschrieben in die große Geschichte Gottes mit den Menschen, die er geschaffen hat, die er erhält und auf die er in unendlicher Liebe schaut. Das zu wissen und das immer wieder von Neuem in unser Herz, in unsere Seele aufzunehmen: Das ist die Quelle des Vertrauens – gerade in einer Zeit der Angst und der Unsicherheit.

Und deswegen ist das Buch so wichtig, in dem die Geschichte Gottes mit den Menschen aufgeschrieben worden ist. In den Schriften des Alten und des Neuen Testaments werden die Geschichten von Gefahr und Rettung, von Angst und Trost, von Verlorenheit und Erlösung erzählt. Jeden Tag können wir sie lesen und zum Teil unserer Existenz werden lassen. [...] In diesem Buch lesen wir die Geschichten von Jesus von Nazareth, der gekreuzigt wurde, die bittere Nacht des Todes selbst erfahren hat und dann von Gott auferweckt wurde. Er hat dem Tod und all der Dunkelheit, die mit ihm verbunden ist, ein für alle Mal die Macht genommen. Das sind die Geschichten, aus denen wir leben dürfen. [...]

Ja, das Aufstehen, wenn der neue Tag anbricht, fällt manchmal schwer. Aber wir kennen vielleicht auch dieses wunderbare Gefühl, wenn wir schließlich wach sind. Wenn der Tag beginnt. Wenn wir mit frischer Kraft in den ankommenden Tag starten.

Das ist das Adventsgefühl, mit dem wir nicht nur in die vorweihnachtliche Zeit starten dürfen. Es ist das Gefühl, mit dem wir in unser ganzes Leben starten dürfen.

Weihnachts-geschenke

CORNELIA ELKE SCHRAY

Es ist so still
in meinem Haus
nur ein paar Kerzen
erzählen leise vom Glück
sich in Augen zu spiegeln
von draußen hört man
die alte Tanne
schweigend träumen
eine Amsel klopft neugierig
an meine Scheiben

eigentlich müsste ich jetzt
Weihnachtsgeschenke einkaufen
was aber könnte wertvoller sein
als diese Gaben

Zeit der Erwartung

FRANZ KAMPHAUS

In unserer naturwissenschaftlich-technischen Zivilisation ist die Zeit wie ein Perpetuum mobile, eine leere Unendlichkeit. Es geht immer so weiter. Die Zeit ist eine Art neutraler Rohstoff, den man mit den Mitteln der Planung bearbeitet, um möglichst vor jeder Überraschung sicher zu sein. Bezeichnend ist, wie wir die Zeit messen. Frühere Generationen hatten die Sanduhr. Da sieht man, wie die Zeit verrinnt. Heute haben wir Digitaluhren. Sie laufen nicht ab, sie gehen immer weiter, als hätten wir ewig Zeit.

Aber wir machen doch auch ganz andere Erfahrungen: Ein Tag geht zu Ende, ein Jahr, ein Leben. Unsere Zeit ist befristet. Und nicht nur unsere persönliche Lebenszeit hat ein Ende, sondern die Zeit überhaupt: Sie ist endlich, bricht ab. Das stört unser modernes Zeitempfinden, wonach es immer so weitergeht. Sind wir nicht alle infiziert von jener quasi-religiösen Vorstellung der Evolution, die mit allem rechnet, nur mit dem einen nicht: dass nämlich eine Sekunde »zu der Pforte wird, durch die der Messias in die Geschichte tritt« (Walter Benjamin), und es deshalb Zeit wird für die Zeit. [...]

Worauf warten wir? Warten kann ganz unterschiedlich sein. Im Wartezimmer eines Arztes dehnt sich die Zeit endlos. Auf dem Bahnhof, wenn der erwartete Zug eine halbe Stunde Verspätung hat, wird das Warten zur Qual. – Es gibt Situationen, in denen ich das Warten ganz anders erlebe: als erregende Spannung, als Intensivierung der Zeit. So, wenn sich ein Freund/eine Freundin angekündigt hat. Wir haben uns über Wochen und Monate, vielleicht über Jahre nicht gesehen. Und jetzt steht das Wiedersehen vor der Tür. Was für ein erregendes Gefühl! Ich kann das Wiedersehen kaum erwarten, fiebere ihm entgegen.

Worauf warten wir? Worauf sind wir gespannt. Christen warten nicht auf etwas, sondern auf jemanden. Sie warten nicht auf das Ende der Welt, nicht auf einen bestimmten Termin wie die Zeugen Jehovas, die in ihren »Wachttürmen« immer neu Berechnungen anstellen über das Ende der Zeit. Solchen Spekulationen erteilt das Evangelium eine klare Absage: »Doch jenen Tag und jene Stunde kennt niemand, auch nicht die Engel im Himmel, nicht einmal der Sohn, sondern nur der Vater« (Matthäusevangelium 24,36). Mit anderen Worten: Spekuliert nicht über Zeitpunkte des Endes, sondern fangt an, auf die Spuren »des Menschensohnes« im Heute zu achten. Ihr findet sie jetzt. Er ist im Kommen. Ich bin mit meiner Erwartung an das Leben und an meine persönliche Zukunft aufgehoben in diese allumfassende Erwartung des Messias. Und letztlich geht es nicht nur um meine Erwartung. In einem längeren Gespräch mit einem älteren Mann fragte ich, was für ihn das ewige Leben sei. Die Antwort: »Ich bin erwartet.« Besser kann man es nicht auf den Punkt bringen.

Zeit genug

LOTHAR ZENETTI

Als die Zeit erfüllt war, heißt es
sandte Gott uns seinen Sohn.
Erfüllte Zeit – die meine ist es
nicht, nur einfach angefüllt mit
zahllosen Terminen, mit dem, was man
von mir so jeden Tag erwartet.
Verplant ist die mir zugeteilte Zeit
und dahin, dorthin längst vergeben.
Vergebens scheint so manches, was ich
tu, und was mir wichtig ist, bleibt
ungetan. Soll das mein Leben sein,
bin ich dazu und für sonst nichts
geboren? Erschöpft, so fühl ich mich
und wie am Ende. Doch du, o Ewiger, bist
immer Anfang. Und tausend Jahre sind
bei dir so wie ein Tag. Führ mich in
deine Weite, Herr, und lass mich freier
atmen. Genügend Zeit zu haben lehre
mich, als hätte ich genug davon und
einfach Zeit und Zeit und nochmals
Zeit und vor mir eine ganze Ewigkeit.

Mit Engels-
flügeln

Vom Engel, der die Zeit anhielt

DORIS BEWERNITZ

Gestern habe ich einen Engel getroffen. Er stand in einer Nische nahe dem Einkaufszentrum und sah ganz unscheinbar aus. Graue Jacke, Schlapphut, Bart, Spazierstock. »Guten Tag«, sagte er.

Ich blieb stehen, grüßte zurück und überlegte kurz, ob ich ihn kannte. Nein, ein fremdes Gesicht. »Ich möchte Ihnen etwas sagen«, meinte er. »Wenn ich darf.«

»Ja?«, entgegnete ich. Menschen rannten an uns vorbei. Im Gedränge rempelte mich jemand an. Ein Kind schrie. Autos hupten. Erst jetzt merkte ich, wie laut es hier eigentlich war. »Sie gehen zu schnell«, sagte er. »Wenn man zu schnell geht, sieht man nichts. Dann vergisst man, wie schön die Welt ist.« Er lächelte. Er hatte warme, braune Augen.

Ich nickte und ging irritiert weiter. Und ob Sie es glauben oder nicht: Obwohl der Engel, wie ich genau sah, in seiner Nische stehen blieb, ist mir seitdem, als ginge er neben mir. Gemessenen Schrittes. Geradezu feierlich. Und ich setze meine Füße langsamer und lasse meinen Augen Zeit zum Schauen.

Zeit der Engel

MARGOT KÄSSMANN

Wenn Sie an einen Engel denken, welche Vorstellung haben Sie? Die Darstellungen variieren ja von drallen kleinen Puttenengeln, niedlichen pausbäckigen Goldjungs, über schmale ästhetische Frauengestalten bis hin zu Engeln, die mit erhobenem Zeigefinger belehren. Es gibt Darstellungen von Engeln mit Flügeln, mit Harfen und Trompeten, im weißen Kleid und im Flattergewand. Dagegen mahnt das berühmte Lied von Rudolf Otto Wiemer: »Es müssen nicht Männer mit Flügeln sein, die Engel. Oft sind sie arm und hässlich und klein, die Engel ...«

Das Thema Engel durchzieht jedenfalls Glauben, Kultur und Geschichte. Karl Valentin schreibt: »Die Engel waren aber doch früher auch einmal Menschen, deren Seelen ins Jenseits geflüchtet sind. Dort haben Sie Flügel bekommen. Das wird aber nur die weiblichen Wesen betreffen, vom 1. bis 30. Lebensjahr. Ich könnte mir nämlich den Herrn Bäckermeister Meyer nicht so himmlisch vorstellen, wenn er nackend mit zwei großen Flügeln in den Wolken herumflattert – dann lieber unsichtbar.«

Oder erinnern Sie sich an Ludwig Thomas Darstellung des Münchners im Himmel, Alois Hingerl, von dem der liebe Gott zuletzt sagt: »Mit dem können wir hier nichts anfangen.« Das sind die lustigeren Geschichten über die Engel. Geschichten über sie gibt es viele, Lieder, Gebete, ganze Bücher voll. Wie etwa die schöne Geschichte von einem Mann, der abends im Gebet bittet, Gott möge einen Engel schicken, damit der auf seine Frau gut aufpasst. Die Antwort, die er bekommt, lautet: »Gottes Engel wachen nicht über Engel ...«

Was aber ist ein Engel?

Die Bibel ist an ihrem Aussehen gar nicht so interessiert, wie die vielen Engelbilder glauben machen, die wir haben. Engel sind zuallererst Boten Gottes, daher kommt der Name: *angelus*, der Engel. Sie vermitteln Gottes Nachricht an die Menschen wie der Engel Gabriel an Maria. Sie stehen für die Erfahrung der Begleitung Gottes wie bei Tobias, zu dem Raphael am Ende sagt: »Gott hat es haben wollen, dass ich bei dir gewesen bin.« Und Engel scheinen mit Lust und Hingabe zu singen, Gott zu loben wie die Menge der himmlischen Heerscharen im Weihnachtsevangelium des Lukas.

Ich denke, wir nähern uns einer Zeit, in der wir die Aufklärung wohl kaum hinter uns lassen, aber hinter all dem Sichtbaren, dem Erklärlichen und wissenschaftlich Beweisbaren doch auch das Geheimnis neu ahnen. Das Geheimnis in unserem eigenen Leben, das Geheimnis hinter der sichtbaren Welt, das Geheimnis der Existenz Gottes.

Als Kinder haben viele den Abendsegen aus der Oper »Hänsel und Gretel« von Humperdinck gebetet:

Abends, wenn ich schlafen geh,
vierzehn Englein um mich stehen.
Zwei zu meiner Rechten,
zwei zu meiner Linken,
zwei zu meinen Häupten,
zwei zu meinen Füßen,
zwei, die mich decken,
zwei, die mich wecken,
zwei, die mich weisen
zu des Himmels Paradeisen.

Irgendwann fand wir das kitschig. Aber die Ruhe, die Geborgenheit, die dieser Abendsegen ausgedrückt hat, die hat wohl kaum jemand vergessen. Der Glaube an Schutzengel ist weit verbreitet, auch heute, auch in unserer Gesellschaft. Engel bedeuten, dass Gott bei uns ist, uns Frieden zusagen will, auch dann, wenn unser Leben aus den Fugen zu geraten scheint. Auch dann, wenn uns Leid und Schmerz und Tod treffen. »Fürchte dich nicht«, das ist ihr biblischer *cantus firmus*, ihr Leitmotiv. Und die entscheidende Botschaft verkündet ein Engel, als die Frauen an das leere Grab kommen: »Was sucht ihr den Lebenden bei den Toten?« Das heißt: Der Tod hat nicht das letzte Wort. Nein, einst wird Gott abwischen alle Tränen.

Engel sind ein Geheimnis des Glaubens, dem wir uns immer wieder im Leben annähern. Das sind die Momente des Lebens, die nicht erklärbar sind. Das plötzliche Wissen: Das ist der richtige Mann, die richtige Frau. Ein überschäumendes Glücksgefühl im Anblick von Himmel und Erde. Eine Erfahrung von Bewahrt-worden-Sein, vor einem Unfall, vor einer Dummheit. Oder auch die Begegnung mit einem anderen Menschen, der den entscheidenden Hinweis gibt, ein Lächeln auf unsere Lippen bringt, uns für Stunden oder Tage froh sein lässt. Ich denke, wir können ruhig sagen, dass uns in solchen Situationen ein Engel Gottes berührt. Wir erahnen neu etwas von der Realität Gottes in unserer Welt.

Martin Luther hat die Engel mitten in den Alltag der Welt geholt. In seinem Morgen- wie in seinem Abendsegen heißt es: »Dein heiliger Engel sei mit mir, dass der böse Feind keine Macht an mir finde.« Gottes Engel sollen uns stärken, dem Bösen zu widerstehen, auf den Wegen Gottes durchs Leben zu gehen, Tag und Nacht. Es geht um Gottvertrauen. [...]

Die Verse aus einer Kantate Johann Sebastian Bachs (BWV 19) stellen uns in eine Reihe mit unseren Vätern und Müttern im Glauben, weil immer ein Mensch in irgendeiner Situation bittet.

Bleibt, ihr Engel, bleibt bei mir!
Führet mich auf beiden Seiten,
Dass mein Fuß nicht möge gleiten!
Aber lehrt mich auch allhier
Euer großes Heilig singen
Und dem Höchsten Dank zu bringen

Der Engel mit den gebrochenen Flügeln

ULRICH PETERS

Wie hatte sich der kleine Kerl auf diesen großen Tag gefreut, wie eifrig hatte er sich darauf vorbereitet – und jetzt das. Nicht, dass er nicht oft genug gewarnt worden wäre. Aber er war nun einmal ein kleiner Engel. Wenn er nicht den Anschluss an die großen mit ihren weiten Schwingen verlieren wollte, musste er versuchen zu fliegen, was seine kleinen Flügel eben hergaben. Neben dem eleganten Gleiten und feierlichen Flug seiner ausgewachsenen Artgenossen sah es zugegebenermaßen etwas flatterhaft aus, wenn er um sie herum und zwischen ihnen hindurch schwirrte. Aber es war durchaus nicht so, dass der kleine Kerl seine ganze Kraft zusammennehmen musste, nur um den Anschluss zu halten. Das Fliegen machte ihm auch großen Spaß, und diese Freude verführte ihn zu manchem ganz und gar nicht engelhaften und eher unvorsichtigen Flugversuch. Aber seine Kunststücke erfüllten die Himmel auch mit der ungestümen Lebensfreude und Liebe des kleinen Kerls zur Fliegerei. Die meisten der großen Engel nahmen es daher mit Humor und schmunzelten. »Das Temperament der Jugend«, sagten sie dann und zuckten nachsichtig mit ihren Flügeln. Mancher hatte dabei einen traumverlorenen Blick, als ob er sich an eine ferne Zeit als kleiner Engel erinnerte. Andere fühlten sich gestört: »Pass doch auf«, scholten sie ihn, wenn er wieder einmal mit einer seiner teils gefürchteten und teils bewunderten Flugeinlagen ihre Bahn kreuzte. »Übermut tut selten gut. So gefährdest du dich und andere.«

An den Unfallhergang im Einzelnen vermochte er sich nur schemenhaft zu erinnern. Dass er ganz von Vorfreude erfüllt war, wusste er noch genau. Dem göttlichen Kind zur Ehre, das in dieser Nacht zur Welt kam, hatte er sich eigens einige kleine Flugkunststücke ausgedacht, die er dem Kind in der Krippe als Geburtstagsgeschenk vorführen wollte. Auf dem Weg zur Erde war er die Abfolge seines Programms noch einmal in Gedanken durchgegangen und hatte sich ausgemalt, wie das göttliche Kind sich daran freuen würde. Ob es ihm darum an Aufmerksamkeit gefehlt hatte? Aber da war ja auch noch dieses weite Festtagsgewand, weiß wie reines Licht, das die Engel zur Feier des Tages trugen. Wahrscheinlicher war, dass er sich irgendwie im Saum dieses Gewandes verfangen hatte. Er war ins Trudeln geraten, so viel war sicher, und musste die Kontrolle über seinen Flug verloren haben. Jedenfalls war er hart auf dem Boden aufgeschlagen. Zu allem Übel war sein Absturz offenbar von den anderen Engeln unbemerkt geblieben. Die erfüllten mit ihrem Licht und ihren Liedern die Nacht bei dem alten Stall, in dem die Geburt geschehen war. Er selbst war etwas abseits und jenseits ihres Lichtkreises unsanft gelandet. Sein Geist war benommen, sein Gewand verdreckt und seine Flügel gebrochen. Er konnte sie kaum mehr bewegen und schleppte sich mit letzter Kraft in den Schatten an der Rückseite des Krippenstalls, um wenigstens von dort dem wunderbaren Geschehen beizuwohnen. Schmutzig, von Scham und Schmerz geschüttelt, mochte der kleine Kerl aber nicht auf sich aufmerksam machen. So, wie er jetzt war, konnte er auf gar keinen Fall vor das Kind treten, und an der Darbietung seines Geburtstagsgeschenks hinderten ihn seine gebrochenen Flügel. Stattdessen verbarg er sich in seinem Versteck und machte sich bittere Vorwürfe. Das hatte er nun von seinen hochfliegenden Plänen. Statt auf seine Kapriolen hätte er sich, wie die anderen Engel auch, auf den Gesang konzentrieren sollen. Aber er wollte ja unbedingt etwas Besonderes machen, jetzt blieb davon nur noch eine besondere Betrübnis übrig. Schwach, wie er war, musste er das Bewusstsein verloren haben.

Unruhig zwischen Dämmern und Wachen schwebend und wieder und wieder seinen Absturz nacherlebend, meinte er plötzlich zu spüren, wie ein Engelsflügel ihn streifte und von Ferne eine freundliche Stimme rief. Langsam kam er wieder zu sich. Es war still geworden in der Gegend um den Stall. Im Dunkel erkannte er einige finstere Gestalten, die sich an einem Lagerfeuer wärmten. Eine merkwürdige Gesellschaft für ein Königskind. Der kleine Kerl brauchte eine Weile, bis er sich wieder zurechtfand und bemerkte, dass ein freundlicher Engel ihn erwartungsvoll anschaute. »Da bist du ja«, begrüßte er ihn.

»Ich dachte, ich sei allein«, antwortete der kleinlaut.

»Der Himmel lässt niemanden allein. Niemals.« Der freundliche Engel beugte sich zu ihm nieder, breitete seine Flügel aus und barg den kleinen Kerl darin.

Unter Tränen schüttete der dem freundlichen Engel darauf sein schweres Herz aus. Er erzählte ihm, was vorgefallen war, wie er sich dafür schämte und warum er sich versteckt hatte.

Währenddessen strich ihm der freundliche Engel mit seinen Flügeln zart über den Rücken. Der kleine Kunstflieger hatte sich dabei immer tiefer in die Umarmung des Engels gekuschelt. Er spürte, wie von der sanften Berührung eine große Kraft ausging, die er genoss und die ihn langsam wieder mutig machte.

»Du hast dem Kind, in dem Gott zur Welt gekommen ist, ein besonderes Geschenk machen wollen.

Der Himmel braucht solche wie dich, die das Besondere suchen. In deinem Bemühen, etwas Besonderes zu bieten, ist dir nun auch etwas Besonderes widerfahren. Du bist gewissermaßen auf der Rückseite der Geschichte gelandet, hinter dem Stall von Betlehem. Die verborgene Seite der Dinge zu sehen, ist nicht jedem gegeben. Wer sie aber erfährt, dem erwächst daraus auch eine besondere Verantwortung.«

Darauf hob er den kleinen Engel hoch und trug ihn vorsichtig wie etwas sehr Kostbares um den Stall herum. Zum ersten Mal in dieser Nacht sah der kleine Engel nun das Kind, wie es friedlich im Arm der erschöpften Mutter schlief und wie der Vater und etwas Vieh über die kleine Familie wachten. Dabei wurde ihm trotz der Kälte der Nacht ganz warm ums Herz.

»Gott ist als Mensch zur Welt gekommen. Für alle Ewigkeit wird diese Geburt den Wechsel der Zeiten markieren«, flüsterte ihm der freundliche Engel zu. »Man wird die Geschichte einteilen in die Zeit vor und nach dieser Geburt und diese Nacht heilig halten.« Die Erinnerung an den großen Moment indes werde schon bald überstrahlt werden vom Glanz der Engel und dem Leuchten der Sterne, die diese Stunde auf ewig in ein ganz eigenes Licht tauchen. Ein wunderbares Bild. Aber vielleicht zu wunderbar, angesichts der Wirklichkeit der Welt, wie die Menschen sie erlebten und leider häufig auch erlitten. Unwillkürlich musste der kleine Engel bei diesen Worten an alle die dunklen Gestalten denken, die beim Stall lagerten. Überhaupt sei es ja nur die Außenseite des Geschehens, eine Art feierlicher Fassade, fuhr der freundliche Engel fort. Was sich dahinter ereigne, müsse erst eigens entdeckt werden. Wer sich nur auf den äußeren Augenschein verlasse, erkenne das Wichtigste nicht.

Wie er noch redete, näherten sich einige vornehme Männer dem Stall, gekleidet wie Könige aus dem Osten, die kostbare Geschenke überreichten. Dieser Besuch passte schon besser hierher, dachte der kleine Engel. Aber die Männer ließen auch eine beunruhigende Nachricht zurück. Der König des Landes habe von der Geburt des kindlichen Königs erfahren und fühle sich durch ihn in seiner Macht bedroht. Er wolle nach dem Kind suchen lassen, um es zu töten. Aufgeregt verstaute die junge Familie darauf ihr Gepäck, und der Vater lud Frau und Kind auf den alten Maulesel, der in dem Stall gestanden hatte, um nach jenseits der Grenze zu fliehen.

Sprachlos hatten die Engel alles mitangesehen. »So nahe liegen das Schöne und Schreckliche, Wunder und Verwundungen in ihrer Welt beieinander«, unterbrach der freundliche Engel das betroffene Schweigen. »Hinter dem Geschehen in dieser Nacht steht auch die Geschichte eines Kindes, für das offenbar kein Platz ist, das in einem Stall geboren wird und, kaum ist es auf der Welt, mit seiner Familie fliehen muss, um denen zu entkommen, die es klein halten wollen und ihm sogar nach dem Leben trachten.« Auch der kleine Kerl war erschüttert von den Erlebnissen dieser Nacht: »Den Bruch meiner Flügel kann ich ja noch verstehen als Strafe und Folge meines vorwitzigen Benehmens. Aber das hier? Scheitert nun auch der Höchste mit seinem Versuch, den Himmel auf die Erde zu bringen, so wie ich gescheitert bin mit meinem Versuch, dem kindlichen König sein Geburtstagsgeschenk zu machen?«

»Strafe ist keine Antwort des Himmels. Nie«, bemerkte er freundliche Engel. »Der Himmel schenkt immer nur neue Chancen – gerade wenn etwas schwierig oder misslungen scheint. Für ihn ist jeder Abbruch der Anbruch von etwas Neuem.«

»Ich sehe nicht, wie im Bruch meiner Flügel der Anbruch von etwas Neuem liegen könnte«, protestierte der kleine Engel. »Ganz im Gegenteil. Meine Geburtstagsdarbietung ist wegen des Unfalls ausgefallen, und hier kann ich jetzt auch nicht mehr weiterhelfen.«

»Wer weiß.« Der freundliche Engel sagte das eher beiläufig schmunzelnd. Aber dann wurde er unerwartet ernst und sah dem kleinen Kerl tief in die Augen. »Du hast das Kind in der Krippe mit den Flugkünsten erfreuen wollen. Ich glaube, da steckte noch mehr dahinter.«

»So genau habe ich das nicht überlegt«, antwortete der kleine Engel. Er dachte nach und sprach eher zu sich selbst: »Das Leben ist eine ernste Angelegenheit, die man nicht leicht nehmen sollte. Aber mit meiner Fliegerei, glaube ich, wollte ich dem Kind sagen, dass es bei aller Schwere dennoch etwas gibt, das einen trägt. Immer. Man muss darauf vertrauen lernen, um zu erfahren, wie das geschieht und es uns frei macht wie im Fluge.«

»So scheint sich dein Unglück doch in ein Glück zu wenden?«, sprach da der freundliche Engel und es klang eher wie eine Feststellung als eine Frage.

»Glück?« Diese Bemerkung stürzte er den kleinen Kerl in Ratlosigkeit.

»Alles, was geschieht und ist, hat zwei Seiten. Wer nur eine sieht, begreift auch nur die Hälfte des Ganzen«, erklärte ihm der freundliche Engel. »Man könnte meinen, dass die, die im Schatten stehen, hinters Licht geführt worden sind. Aber je nachdem, von welcher Seite man es ansieht, kann das Licht zum Schatten werden oder man erkennt hinter dem Schatten das Licht. Es gibt nie das eine ohne das andere. Du hast etwas erfahren, was nur wenige andere je erfahren werden.«

»Dass mit der verborgenen Seite der Dinge und der Rückseite der Geschichte?«

»Wenn man hinter die Dinge sieht«, fuhr der freundliche Engel fort, »weiß man nicht nur, dass wir Engel zu fliegen vermögen, weil wir völlig eins sind mit dem Vertrauen in den Himmel, der uns trägt. Wer das Verborgene zu sehen lernt, erkennt auch das Geheimnis, das hinter allem liegt. Diese Erde sehnt sich nach dem Himmel. Aber die Menschen suchen ihn – wie ihr Glück – häufig im Außergewöhnlichen und jenseits ihrer alltäglichen Lebenswirklichkeit. Da ist er aber nicht. Wer das Besondere nicht im Gewöhnlichen, Alltäglichen und in sich selbst sucht, findet es nie.«

»Du meinst?«, fragte der kleine Engel tastend und langsam begreifend.

»Ja. Auch der Himmel beginnt dort, wo er am wenigsten erwartet wird – hier, mitten in der Dunkelheit der Welt, beinahe unbemerkt und mit einer ganz gewöhnlichen Geburt. Ab heute gibt es nicht länger Oben und Unten, das Glück des Himmels hier und das Elend der Erde dort. Es ist alles eins. In dieser Nacht wird die Welt für immer aufgeschlossen für die Weite des Himmels.« Während er das sagte, schien es dem kleinen Kerl, als ob der freundliche Engel von innen leuchtete und eine Energie von ihm ausging, durch die seine gebrochenen Flügel auf geheimnisvolle Weise wieder ganz wurden. Als er sie öffnete schienen sie ihm größer, stärker und tragfähiger als je zuvor.

»Wenn die Erde der Ort ist, an dem der Himmel beginnt«, der kleine Kerl wog sorgsam seine Worte, »gehören dann nicht auch wir Engel eigentlich hierher, an die Seite der Menschen?«

»In alle Zeit und Ewigkeit.« Jetzt lachte der freundliche Engel zustimmend: »Es ist noch nicht zu spät für dein Geburtstagsgeschenk. Breite deine Flügel aus, kleiner Kerl, flieg und erfülle die Luft, die sie atmen, mit Lebensfreude und Liebe. Behüte und führe sie, damit sie vertrauen fassen und spüren, was sie wirklich durchs Leben trägt. Nimm ihnen die Enge ihrer Angst und weite ihre Herzen. Streife ihre Seelen mit deinen Schwingen und lege gute Gedanken in ihre Gehirne. Lehre sie, hinter die Dinge zu blicken, damit sie erkennen, dass alles zwei Seiten hat und der Himmel, den sie suchen, viel näher liegt, als sie vielleicht glauben.«

So kam es, dass in jener fernen Nacht ein kleiner Engel eine flüchtende Familie sicher auf ihrem Weg geleitete. Nur das Kind im Arm der Mutter erkannte ihn und freute sich an seinen Kunststücken. Die jungen Eltern wunderten sich zwar, dass ihr Neugeborenes lächelte, aber sie ließen sich von seiner Zuversicht gerne anstecken.

Seit dieser Zeit ist der kleine Kerl auf dem Weg durch die Welt, kaum zu erkennen für bloße Augen. Aber wer einmal erfahren hat, wie ein scheinbares Ende zu einem neuen Anfang wird und das Schwierige zur Chance, wem das Herz leicht wurde bei aller Erdenschwere und wer sich beflügelt und behütet fühlt auch in Bedrängnis, der ist ihm begegnet und wurde wohl von seinen Flügeln berührt, die schützen und stark machen und mutig. Für immer.

Jedes Kind hat einen Engel

UWE WOLFF

Dein Schutzengel trug dich in den Mutterleib, damit du eine menschliche Gestalt annähmest, die dich auf deiner Reise durch das Leben schützen soll. Er stand an deiner Seite, noch bevor du geboren wurdest, er war dabei, als deine leibliche Gestalt im Mutterleib gezeugt wurde, er war dabei, als Gottes Liebe dich ins Leben rief. Die Seele ist durch Erziehung, Umwelteinflüsse und die Zeit, in die ein Mensch hineingeboren worden ist, geprägt. Aber sie kommt auch vom Himmel und kehrt in den Himmel zurück. [...] Der Schutzengel richtet den Blick der Eltern auf den himmlischen Ursprung des Kindes. Er schenkt aber auch jene Gelassenheit, die Eltern brauchen, um ihre Kinder loslassen zu können. Jedes Kind ist mehr als die Summe der erzieherischen Einflüsse und des genetischen Erbes der Familie. Es folgt seinem eigenen Auftrag und muss ihn in seinem Erdenleben entfalten. Der Schutzengel schenkt Eltern und Erziehern Mut, auf die Wachstumskräfte im Kind zu vertrauen.

Ein Licht in der Nacht

Die nächste Seite

WERNAUER ADVENTSKALENDER

Heute Nacht
blättert Gott um
die eine Seite endet
die nächste beginnt

Heute Nacht
wenn es am dunkelsten ist
kehrt die Sonne um
der Sonnenaufgang beginnt
weit unter dem Horizont
lange bevor etwas davon zu sehen ist

Heute Nacht
blättert Gott um
von der Vergangenheit
zur Zukunft
blättert 24 Uhr um
auf 0 Uhr
und stellt den Tag auf Anfang

Heute Nacht
blättert Gott um
blättert sich selbst um
von Gott zu Mensch

und dann weiter
von Mensch
zu Mensch

und weiter
von Mensch
zu Gott

Und er macht es immer wieder
immer wenn er die Vergangenheit beendet
und die Zukunft beginnt
immer
jetzt

Ein Licht strahlt auf

DIE BIBEL (*Jesaja 9,1–5*)

Das Volk, das im Dunkel lebt, sieht ein helles Licht.
Über denen, die im Land der Finsternis wohnen,
strahlt ein Licht auf.
Du erregst lauten Jubel und schenkst große Freude.
Man freut sich in deiner Nähe,
wie man sich freut bei der Ernte,
wie man jubelt, wenn Beute verteilt wird.
Denn wie am Tag von Midian
zerbrichst du das drückende Joch,
das Tragholz auf unserer Schulter
und den Stock des Treibers.
Jeder Stiefel, der dröhnend daherstampft,
jeder Mantel, der mit Blut befleckt ist,
wird verbrannt, wird ein Fraß des Feuers.
Denn uns ist ein Kind geboren,
ein Sohn ist uns geschenkt.
Die Herrschaft liegt auf seiner Schulter.
Man nennt ihn:
Wunderbarer Ratgeber, starker Gott,
Vater in Ewigkeit, Fürst des Friedens.

Das große Licht

SIMON DACH

Die wir in Todes Schatten
so lang gesessen sind
und kein Erleuchtung hatten,
in Gottes Sachen blind,
und konnten nichts verstehen:
nicht Gnade und Gericht,
sehn über uns aufgehen
anjetzt ein helles Licht.

Ein Licht, dadurch wir schauen
in Gottes Herz hinein,
dass er in Zuvertrauen
der unsere nun will sein.
Ein Licht, das heftig brennet
in unser Fleisch und Blut,
dass sich ein Mensch erkennet
und was für Sünd er tut.

Das über Mond und Sonne
sich in den Himmel dringt
uns uns der Engel Wonne
klar zu Gesichte bringt.

Das uns vor Augen malet,
wie nichts sei Welt und Zeit
und wie für alle strahlet
der Glanz der Ewigkeit.

O Kindelein, du Pflanze
der wahren Seligkeit,
du heller Glanz vom Glanze
gezeugt vor aller Zeit:
Du bist es, den wir meinen,
das wesentliche Licht,
danach uns Gott lässt scheinen
sein Gnaden-Angesicht.

Von Engeln und Hirten

HILDEGUND KEUL

In jener Gegend lagerten Hirten und Hirtinnen auf freiem Feld und hielten Nachtwache bei ihrer Herde« (Lukas 2,8). Wenn Hirtinnen und Hirten nachts die Herde bewachen, für die sie verantwortlich sind, dann rechnen sie mit manchen Überraschungen. Räuberische Banden können sie überfallen, einen Teil oder gar die ganze Herde rauben und ihnen selbst Schaden zufügen an Leib und Leben. Raubtiere wie Löwe, Gepard oder Bär können auf leisen Pforten heranschleichen und ihre Tiere reißen. Dann müssen sie sich ihnen in den Weg stellen und damit das eigene Leben riskieren. Das macht ein Hirtenleben besonders gefährlich. Oder ein Unwetter zieht auf und verletzt ihre Herde oder treibt sie auseinander. Die Hirtinnen und Hirten sind draußen unterwegs, vagabundierend über Felder und Weiden, durch Gestrüpp und Wildnis hindurch. Ohne moderne Outdoor-Kleidung leben sie draußen und sind nur selten von Mauern und Dächern geschützt. Ihre Verwundbarkeit ist groß. Daher brauchen sie nicht nur tagsüber, wenn ihre Herde unterwegs ist, sondern auch nachts eine hohe Aufmerksamkeit für das, was sich um sie herum ereignet. Während die anderen schlafen, muss wenigstens eine oder einer wach und konzentriert präsent sein, denn sie selbst und ihre Herde sind in besonderem Maß schutzbedürftig.

Die Tiere, die sie zu bewachen haben, sind ihre zentrale Lebensressource. Sie brauchen sie zum Überleben. Oft gehören diese Tiere nicht den Hirtinnen und Hirten, sondern sie werden dafür bezahlt, dass sie Schutzdienst leisten. Aber auch dann ist es für sie überlebenswichtig, dass den Tieren nichts zustößt. Sie sorgen dafür, dass die Schafe und Ziegen gesund und unverletzt bleiben. Andernfalls bekommen sie Ärger, müssen eventuell Ersatz leisten oder verlieren ihren Arbeitsplatz. Die soziale Stellung der Hirtinnen und Hirten ist miserabel. Sie gehören zur Unterschicht, genießen kaum soziales Ansehen und sind »unansehnlich«. [...]

Weil sie in dieser Situation leben und arbeiten, müssen sie vorsichtig und aufmerksam sein. Sie sind auf allerhand Überraschungen gefasst. Aber sie rechnen nicht mit dem, was der Evangelist Lukas erzählt: dass ein Engel und himmlische Heerscharen auftreten. Ein Engel erscheint, erklärt ihnen die Bedeutung des Kindes in der Krippe und überbringt ihnen die Botschaft von der Geburt des Messias: »Da trat der Engel des Herrn zu ihnen, und der Glanz des Herrn umstrahlte sie. Sie fürchteten sich sehr, der Engel aber sagte zu ihnen: Fürchtet euch nicht, denn ich verkünde euch eine große Freude, die dem ganzen Volk zuteilwerden soll: Heute ist euch in der Stadt Davids der Retter geboren; er ist der Messias, der Herr. Und das soll euch als Zeichen dienen: Ihr werdet ein Kind finden, das in Windeln gewickelt, in einer Krippe liegt (Lukas 2,8–12).

Diese Botschaft des Engels [...] richtet sich nicht an die Schriftgelehrten, die lieber zu Hause geblieben sind, und nicht an die Hohenpriester, die an ihren Altären hängen, sondern an die Habenichtse auf freiem Feld. Der Engel zweifelt offensichtlich nicht daran, dass die Hirtinnen und Hirten seine Rede vom Messias, dem Retter in der Stadt Davids, verstehen. Das Zeichen, das der Engel ihnen nennt, ist aus ihrem Leben gegriffen – ein Neugeborenes in einer Krippe, dem Futterplatz ihrer Tiere. Von Geburten und Krippen verstehen sie etwas, auch wenn in dieser Geburt etwas steckt, das ihr Verstehen übersteigt.

Dann tritt sogar eine ganze Heerschar auf. »Und plötzlich war bei dem Engel ein großes himmlisches Heer, das Gott lobte und sprach: Verherrlicht ist Gott in der Höhe und auf Erden ist Friede bei den Menschen seiner Gnade« (Lukas 2,13–14). Die Boten des Himmels gehen behutsam vor. Zuerst tritt ein Engel auf und spricht sein »Fürchtet euch nicht!« Erst dann kommt die überwältigende Himmelsschar. Die

Hirtinnen und Hirten auf freiem Feld, die nie im Rampenlicht öffentlicher Interessen stehen, erhalten eine besondere Einladung des Himmels. Sie werden von höherer Stelle zum Ort der Gottesgeburt gebeten. Und sie werden für würdig befunden, eine himmlische Botschaft zu überbringen. Sie wollen das Kind sehen und seinen Eltern die Botschaft des Engels weitergeben. »Als die Engel sie verlassen hatten und in den Himmel zurückgekehrt waren, sagten die Hirten zueinander: Kommt, wir gehen nach Betlehem, um das Ereignis zu sehen, das uns der Herr verkünden ließ. So eilten sie hin ...« Sie wollen keine Zeit verlieren. Sie haben es eilig. Mit einer Schafherde im Schlepptau kann man aber nicht eilen, da muss man sich Zeit nehmen. Also müssen sie ihre Herde zurücklassen.

Damit wagen sie viel. Denn während ihrer Abwesenheit können sie einige oder sogar alle Tiere, ihre zentrale Lebensressource verlieren. Sie opfern bereitwillig ihren Schlaf und riskieren überdies den Verlust ihrer Schafe. Ohne zu zögern gehen sie das Wagnis ein und lassen alles hinter sich. So gelangen sie mitten hinein in diesen unscheinbaren Ort der Gottesgeburt. Und was sehen sie, als sie zur Krippe kommen? Ein neugeborenes Kind, winzig klein und verletzlich. Nicht ein Gott der Herrschaft und des Triumphes ist hier am Werk, der die Kleinen noch kleiner macht, sondern ein Gott, der sich auf das menschliche Leben einlässt, es selbst auf sich nimmt, es als Mensch mit den Menschen teilt. [...]

Eine Gruppe, die gesellschaftlich nichts zu sagen hat, wird zum Adressaten der Weihnachtsbotschaft. Dies wiederum befähigt sie, selbst den Mund aufzutun und zu sprechen. »So eilten sie hin und fanden Maria und Josef und das Kind, das in der Krippe lag. Als sie es sahen, erzählten sie, was ihnen über dieses Kind gesagt worden war. Und alle, die es hörten, staunten über die Worte der Hirten« (Lukas 2,16–18). Die Sprachlosen werden sprachfähig und finden Gehör.

Die Botschaft, die ihnen der Engel gebracht hat und die sie nun an der Krippe erzählen, [...] besagt, dass Gott in Jesus Christus mitten in die menschliche Armut hineingeht. Gott macht sich klein und verletzlich, um den Kleinen und Schwachen Stärke zu verleihen. In der Erfahrung der Hirtinnen und Hirten verwirklicht sich diese Botschaft. Sie sind Ausgeschlossene, die nun ins Zentrum rücken, und Sprachlose, die Sprachfähigkeit und Gehör finden. An der Krippe bricht das Reich Gottes an.

Weihnachten feiern

DIETRICH BONHOEFFER

Von der Geburt eines Kindes ist die Rede, nicht von der umwälzenden Tat eines starken Mannes, nicht von der kühnen Entdeckung eines Weisen, nicht von dem frommen Werk eines Heiligen. Es geht wirklich über alles Begreifen: Die Geburt eines Kindes soll die große Wendung aller Dinge herbeiführen, soll der ganzen Menschheit Heil und Erlösung bringen. Worum sich Könige und Staatsmänner, Philosophen und Künstler, Religionsstifter und Sittenlehrer vergeblich bemühen, das geschieht nun durch ein neugeborenes Kind. Wie zur Beschämung der gewaltigsten menschlichen Anstrengungen und Leistungen wird hier ein Kind in den Mittelpunkt der Weltgeschichte gestellt.

Darum lautet das Weihnachtszeugnis für alle Menschen: Ihr seid angenommen, Gott hat euch nicht verachtet, sondern er trägt leibhaftig euer aller Fleisch und Blut. Seht auf die Krippe! In dem Leib des Kindleins, in dem fleischgewordenen Sohn Gottes ist euer Fleisch, ist alle eure Not, Angst, Anfechtung, ja, alle eure Sünde getragen, vergeben, geheiligt. Klagst du: Meine Natur, mein ganzes Wesen ist heillos und ich muss ewig verloren sein, so antwortet die Weihnachtsbotschaft: Deine Natur, dein ganzes Leben ist angenommen, Jesus trägt es, so ist er dein Heiland geworden.

Wenn Gott selbst in der Krippe von Bethlehem auf diese Welt kommen will, so ist das nicht eine idyllische Familienangelegenheit, sondern es ist der Beginn einer völligen Umkehrung, Neuordnung aller Dinge dieser Erde. Wenn wir an diesem Advents- und Weihnachtsgeschehen teilnehmen wollen, so können wir nicht einfach zuschauerisch wie bei einem Theater danebenstehen und uns an den freundlichen Bildern freuen, sondern dann werden wir selbst in diese Handlung, die da geschieht, in diese Umkehr aller Dinge mit hineingerissen, da müssen wir mitspielen auf dieser Bühne, da ist der Zuschauer immer schon eine handelnde Person in diesem Stück, da können wir uns nicht entziehen.

Wer von uns wird Weihnachten recht feiern? Wer alle Gewalt, alle Ehre, alles Ansehen, alle Eitelkeit, allen Hochmut, alle Eigenwilligkeit endlich niederlegt an der Krippe, wer sich hält zu den Niedrigen und Gott allein hoch sein lässt, wer im Kind in der Krippe die Herrlichkeit Gottes gerade in der Niedrigkeit schaut, wer mit Maria spricht: Der Herr hat meine Niedrigkeit angesehen.

Das innere Kind

JÖRG ZINK

Eigentlich müsste es möglich sein, die verängstigten und gemütskalten Menschen unserer Tage zu heilen, indem man ihnen gibt, was man einem Säugling gibt. Man müsste sie stillen an einer warmen Brust, man müsste sie im Arm halten und zärtlich streicheln und man müsste ihnen all das nachreichen, was an ihnen versäumt worden ist durch eine spröde Pädagogik, all die Liebkosungen, alle die Küsse, die ihnen nicht gewährt worden sind, all das freundliche Anschauen, das Liebesspiel und die Worte der Zärtlichkeit, und es ist gut, dass dies heute besser verstanden wird als zu der Zeit, als die Kinder waren, die heute erwachsen sind.

Denn Gottes Geit wird leiblich durch die Liebe, und der Leib des Menschen wird durch die Liebe geistig.

Der Leib des Menschen erwacht aus seiner Stummheit, wo ihm die Liebe begegnet, er fängt an zu antworten, zu reden. Er wird seinerseits fähig, einen anderen Menschen zu berühren, zu lieben, ihm zu zeigen, wie nah er ihm sei. In der Liebe wird Gottes Geist Leib.

An einem Geburtstag – und Weihnachten ist ja nichts weiter als dies – erinnern wir uns an unseren eigenen Anfang.

Wir versuchen, ihn besser und deutlicher zu sehen, und vielleicht verstehen wir dabei unseren seitherigen Weg besser, vielleicht auch kommen wir dabei einigen Irrtümern unseres Lebens auf die Spur.

Und wenn uns ein Glück widerfährt, dann finden wir den Mut, in unseren späteren Jahren einen neuen Anfang zu riskieren.

Wer sich etwas Gutes tun möchte, der hilft dem Kind in ihm selbst, dass es leben und träumen darf. Er wird mit ihm zusammen träumen und spielen und darüber zu Zeiten die ganze Welt vergessen. Er wird danach dieser Welt besser gewachsen sein.

Botschaft der Engel

DORIS BEWERNITZ

Kommt an
es ist alles getan
das Gute kommt wieder

Seid still
strengt euch nicht mehr an
legt die Arbeit nieder

Öffnet das Herz
und die Hände
so voll sie auch sind

Werdet
was in euch wartet
werdet das Kind

Gesegnete Tage

HEINRICH BEDFORD-STROHM

Das Weihnachtsfest hat eine große Kraft. Seit Jahrhunderten strömen die Menschen überall auf der Welt aus ihren Häusern in die Kirchen, um die Weihnachtsbotschaft zu hören, um sie in den Lichtern zu sehen, um sie im Herzen zu spüren. Es gibt zwar jedes Jahr wiederkehrend Kritik an der Kommerzialisierung von Weihnachten. Und mancher befürchtet das Zukleistern von Konflikten mit einer großen Weihnachtsharmonie, die danach umso mehr Leere hinterlässt.

Aber das kann die Kraft von Weihnachten nicht brechen. Weihnachten mag umstritten sein. Teilnahmslos lässt es fast niemanden. Und im Zentrum steht jedes Mal die biblische Weihnachtsgeschichte aus dem Lukasevangelium.

Es ist erst mal nur eine Geschichte, die vor fast zwei Jahrtausenden weitererzählt und aufgeschrieben worden ist. Ein Meisterwerk, ein Stück Weltliteratur, ein Glücksfall für die Entwicklung unserer christlichen Tradition. Zwei völlig unbedeutende Leute sind unterwegs, so unbedeutend, dass niemand ihnen die Tür öffnet, um ihnen Herberge zu geben. Josef und Maria finden keine Herberge. Ihr Kind wird geboren, und die Umstände werden so geschildert, dass wir uns den Ort heute in unseren Weihnachtskrippen als Stall vorstellen.

Allerlei Tiere sind mit dabei. Man riecht es förmlich. Und doch kommt hier der Himmel auf die Erde. Ein großer Engelschor lobt Gott angesichts der Geburt des Heilands und verheißt Frieden auf Erden. Ausgerechnet arme Hirten hören diese Botschaft als Erste. Sie gehen hin und beten das Kind an.

So mancher Religionskritiker sagt: schöne Geschichte. Märchen sind wirklich etwas Schönes. Aber Märchen sind eben Märchen, Traumwelten sind Traumwelten. All das Weihnachtsgesäusel vernebelt den Leuten so den Verstand, dass sie es für Realität halten. Die Wirklichkeit ist eine andere. Doch was die Engel da gesungen haben, waren keine leeren Versprechungen. Die Worte aus dem Lukasevangelium haben immer wieder sehr konkrete Konsequenzen gehabt. Wie die Waffenruhe im Dezember 1914, mitten im Ersten Weltkrieg, die als »Weihnachtsfrieden« (»Christmas truce«) in die Geschichtsbücher eingegangen ist. Britische und deutsche Soldaten haben es an diesem Weihnachtsfest mitten im Krieg geschafft, die größte Kriegsmaschinerie, die die Welt bis dahin gesehen hatte, an einem Punkt zum Stoppen zu bringen, ohne Erlaubnis, ohne Befehl von oben. Menschen, die darauf getrimmt waren, sich zu töten, halten inne, lassen sich anrühren von den Worten der Engel vom Frieden auf Erden und legen die Waffe aus der Hand und nehmen dafür Geschenke in die Hand. Eine kurze Zeit lang ist die Kraft der Versöhnung stärker als Hass und Feindschaft zwischen Völkern.

Der Erste Weltkrieg war dadurch nicht zu Ende. Nach Weihnachten wurde weitergekämpft. Aber diese Weihnachtserfahrung blieb. Auch danach konnte sie niemand mehr aus der Welt herausschießen. Da, wo die Menschen die Kraft der Weihnachtsbotschaft in ihr Herz hineinlassen, wird die Welt anders. Keiner kann sich heute mehr vorstellen, dass Soldaten europäischer Nationen aufeinander schießen. Heute sitzen im Europäischen Parlament Vertreterinnen und Vertreter von Nationen zusammen, die sich im vergangenen Jahrhundert in zwei Weltkriegen feindlich gegenüberstanden.

Angesichts der Gefährdung der europäischen Idee kann man nicht deutlich genug betonen, wie wenig selbstverständlich das ist. Europa – und das ist keine hohle Phrase! – ist ein Friedensprojekt, für das es sich einzusetzen lohnt. Die Überwindung von Hass und Feindschaft innerhalb Europas ist heute für uns so selbstverständlich, dass wir manchmal viel zu sorglos damit umgehen. Nur wer sich klarmacht, dass die Völker, die in diesem Projekt jetzt zusammenarbeiten, in den letzten hundert Jahren zweimal in blutigen Kriegen mit zig Millionen Opfern aufeinander losgegangen sind, versteht wirklich, wie kostbar die gewonnene Gemeinsamkeit ist. Das Versöhnungswunder, das sich an Weihnachten 1914 zwischen verfeindeten Soldaten ereignet hat, hat sich am Ende als Keimzelle für etwas viel Größeres erwiesen. Und es hat gezeigt, dass diejenigen die wahren Realisten sind, die auch in den schlimmsten Gewalterfahrungen nie die Hoffnung verlieren.

Weil die Engel am Ende recht behalten werden, wenn sie singen: Friede auf Erden den Menschen seines Wohlgefallens! Europa ist ein Friedensprojekt, und die christliche Botschaft gehört zu seinen wichtigsten geistigen Grundlagen. Im Zentrum dieser Botschaft steht die Liebe und die Würde des Menschen, die nicht von Herkunft, Status, Hautfarbe oder Religionszugehörigkeit abhängt.

Pauschale Abwertung anderer Religionen und damit ja auch der Menschen, für die ihre Religion von existenzieller Bedeutung ist, ist damit unvereinbar. Wer für neue christliche Impulse in Europa demonstriert, muss ganz andere Fragen auf die Tagesordnung bringen: nach den viel zu großen Gegensätzen zwischen Arm und Reich, nach einer Jugendarbeitslosigkeit von bis zu 50 Prozent in manchen Ländern, nach dem Hin- und Herschieben von Menschen, die bei uns ihre Zuflucht suchen.

Als ich vor einiger Zeit mit einer Delegation des Rates der Evangelischen Kirche in Deutschland in Ägypten gewesen bin, haben uns die Christinnen und Christen dort immer wieder darauf hingewiesen, dass es Heiliges Land ist, in dem sie leben. Ihr Oberhaupt, der koptisch-orthodoxe Papst Tawadros II., hat mir eine Landkarte mit der Reiseroute überreicht, die die Heilige Familie bei ihrer Flucht vor dem König Herodes nach Ägypten genommen haben könnte. Die ägyptischen Christen sehen ihr Land als Heiliges Land, weil die Weihnachtsgeschichte von einem Asyl suchenden Ehepaar mit einem kleinen Kind erzählt, das bei ihnen Zuflucht gesucht und gefunden hat. Bei diesem Aufenthalt habe ich auch Geschichten von heute gehört. Mir geht nicht aus dem Kopf, wie uns von Seeleuten erzählt wurde, die nicht bei Tageslicht, sondern nachts fahren, weil sie den Blick auf tote Körper, die vor der ägyptischen Küste im Meer treiben, nicht mehr ertragen.

Das christliche Europa hat heute die Aufgabe, seinen Umgang mit den Menschen auf der Flucht so neu zu ordnen, dass keiner mehr im Mittelmeer ertrinken muss. Europa muss zu einer Kraft in der Welt werden, die mit fairen Handelsbeziehungen und internationalen Beziehungen auf Augenhöhe dazu beiträgt, dass Menschen nicht mehr fliehen müssen. Dann wird das europäische Friedensprojekt zu einem Weltfriedensprojekt.

Wenn Menschen heute in ganz unterschiedlichen Projekten ihr Geld oder ihre Zeit teilen mit Menschen, die in Not sind, dann mögen das nur kleine Schritte sein – so wie der Weihnachtsfrieden 1914 zwischen deutschen und britischen Soldaten. Aber es könnte zur Keimzelle von etwas viel Größerem werden: einer Welt, in der alle Menschen in Würde leben können.

Die Weihnachtsbotschaft will uns verwandeln, indem wir die Sehnsucht nach Frieden und Gerechtigkeit auch dann im Herzen bewahren, wenn ihre Verwirklichung aussichtslos erscheint. Indem wir die Menschen, die in Not sind, wahrnehmen, für sie beten und mit unserer Zeit oder mit unseren Geld zur Überwindung ihrer Not beitragen. Indem wir uns öffentlich dafür einsetzen, dass die Ursachen ihrer Not bekämpft werden.

Die Weihnachtsgeschichte erzählt nicht von einer schlagartigen weltpolitischen Veränderung. Sie erzählt von der Geburt in Bethlehem. Sie erzählt von den Hirten, die zur Krippe gekommen waren, und am Ende wieder umkehren, einfach wieder an ihre Arbeit gehen, Schafe hüten, in kalten Nächten frieren, mit den Widrigkeiten des Lebens kämpfen. Doch etwas hat sich geändert: Sie gehen verändert, verwandelt zurück. Sie haben den Frieden, von dem die Engel gesungen haben, nie mehr verloren, sie haben ihn mitgenommen. Sie haben den Heiland gesehen. Der Himmel hat sich ihnen geöffnet. Und sie haben die

Welt wieder lieben gelernt, weil sie nun wussten: Gott wohnt in dieser Welt, und Gott wird sie nie alleinlassen.

Das ist die Botschaft der Weihnachtsgeschichte, und sie ist der Grund, dass wir uns in diesen Tagen zurufen: Frohe Weihnachten! Fröhlich sind sie nicht für alle Menschen, diese Tage. Aber froh im Sinne von gesegnet sind sie für alle. Auch und gerade denen, die im Dunkel leben, scheint ein helles Licht. Alle miteinander, die Fröhlichen und die Traurigen, werden verwandelt an der Krippe in Bethlehem. Jetzt wissen wir, woher wir kommen, wer wir sind und wohin wir gehen. Es ist die Liebe Gottes, die das Geheimnis unseres Lebens ans Licht bringt.

Es gibt wirklich nichts Schöneres als Weihnachten!

Sternstunden

PAUL WEISMANTEL

Von den vielen Namen, mit denen das Weihnachtsgeheimnis beschrieben wird als Fest der Liebe und der Liebenden, der Wünsche, die wahr werden, des Schenkens und der Geschenke, des Friedens und der Freude, der Menschwerdung und Gottesgeburt in uns und seiner Solidarität mit uns, finde ich »Sternstunde« einen sehr passendenden und schönen Titel. Im Lied von der stillen Nacht singen wir: »Da uns schlägt die rettende Stund«. Ja, sie hat uns geschlagen damals bei der Geburt Jesu, unter welchen widrigen Umständen auch immer. Sie schlägt uns auch heute ... Solche heilenden Kräfte kann ich nicht selbst machen, sie werden mir vielmehr geschenkt, ins Herz gelegt, wie die Gaben auf den Tisch.

Das Jesuskind im Altersheim

REGINA GROOT BRAMEL

Der Anruf kam zwei Tage vor dem Fest. Die Jugendgruppe, die sich der Sache hatte annehmen wollen, sei abgesprungen. Ob es möglich wäre, am 23. 12. nachmittags ein Krippenspiel im Altenheim zu improvisieren? Wir hätten doch Erfahrung mit so etwas.

Neben dem Telefon lag die Liste mit noch zu Erledigendem. Sie war ziemlich lang. Gerade hatte ich mich gefragt, wie wir die Aufgaben verteilen könnten, um wenigstens das Meiste abzuarbeiten. Trotzdem sagte ich zu, ich konnte mir selbst nicht erklären, wie es dazu kam. Manchmal gibt es diese andere Art von Vernunft ...

Das Heim war liebevoll dekoriert und schön vorbereitet. Trotzdem legte sich uns der Geruch von Alter und Einsamkeit schwer aufs Herz. Die Bewohner saßen dösend in ihren Sesseln und Stühlen, viele hörten so schlecht, dass sie gar nicht mitsingen konnten, als einer der Mitarbeiter auf dem Klavier das erste Lied anstimmte.

Sie reagierten auch kaum, als Maria und Josef auf der Herbergssuche durch die Tischreihen zogen, vorbei an Rollatoren und Gehhilfen.

Vorn angekommen, entband die Maria den kleinen Imanuel. Er hatte sich tatsächlich nackt unter einem riesigen Regencape in den Armen der großen Schwester still verhalten und war unbemerkt bis auf die Bühne gelangt. Josef rückte den Korb für ihn zurecht, Maria wickelte ihn zu den Klängen von »Stille Nacht« in Windeln, erleichtert darüber, dass bislang alles trocken geblieben war ...

Da meldete der Kleine sich zu Wort und krakeelte mit lauter Babystimme in die feierliche Weihnachtsmelodie. Und siehe: Dies war Verkündigung genug!

Der große Engel, der die Kleinen in Schach und sich selbst schon für die Hirten bereithielt, brauchte die Botschaft gar nicht mehr auszurichten. Die Alten schreckten aus ihrem Dämmerzustand auf, als das kleine Kind schrie. Sie erhoben sich, so schnell sie konnten, aus ihren weichen Kissen und reckten die Hälse, kamen nach vorn und riefen es sich gegenseitig zu: »Das ist ein echtes Jesuskind!«

Die Rollstühle wurden beiseitegeschoben, man stützte sich an den Tischkanten und Stuhllehnen ab, um ganz nah zu dem Geschehen da vorn zu kommen. »Der Kleine wird sich erkälten, er braucht eine Decke!«, wurde Maria ermahnt. »Und ein Mützchen, die Ohren müssen warmgehalten werden!«

Schließlich lag der kleine Jesus ordentlich gewickelt auf seinem Schaffell und strahlte die vielen Besucher freundlich an. Im ganzen Saal gab es keine Zuschauer mehr. Alle waren zu Mitwirkenden geworden, und einige Heilungswunder schienen sich ereignet zu haben. Es heißt doch im Adventslied: »Blinde schaun zum Licht empor, Stumme werden Hymnen singen, Tauben öffnet sich das Ohr, wie ein Hirsch die Lahmen springen. Allen Menschen wird zuteil Gottes Heil.«

An diesem Nachmittag, für diesen außergewöhnlichen Moment hatte sich die Verheißung erfüllt. Auch wir fühlten uns beschenkt, als wir uns später verabschiedeten. Die Liste mit den ausstehenden Erledigungen habe ich am gleichen Abend einfach zerknüllt. Sie war nicht mehr wichtig. Das Entscheidende war bereits Wirklichkeit geworden.

Weihnachten hatte schon begonnen!

Der Hund an der Krippe

MAX BOLLIGER

Er war den Hirten, die in der Nähe Bethlehems ihre Schafe hüteten, eines Tages zugelaufen, ein struppiger Hund, ein Köter nur. Weil dieser Hund als Wächter für die Herde nichts zu taugen schien, jagten sie ihn davon, warfen Steine nach ihm. Doch er kam immer wieder. Die Männer wussten nicht, dass einer von ihnen, ein Trinker und Possenreißer, dem Hund hin und wieder einen Bissen Brot oder ein Stück Käse zuschob, sich nicht davor scheute, ihn auch zu streicheln.

So kam es, dass in jener Nacht der Engel des Herrn nicht nur den Hirten auf dem Felde, sondern auch einem Hund erschien. Auch er sah, wie der Himmel sich öffnete und ein lichtes Wesen eine Botschaft verkündete. Verstehen konnte er sie nicht. Doch wie die Hirten fürchtete er sich sehr.

Als der Engel, begleitet von himmlischen Heerscharen, wieder zum Himmel auffuhr und es dunkel wurde wie zuvor, beobachtete der Hund, wie die Hirten aufgeregt nach Fellen suchten, Wolle bündelten, ihre Taschen mit Brot und Käse füllten und sich der Jüngste unter ihnen ein neugeborenes Lamm um die Schultern legte. »Und nun lasst uns, so schnell uns unsere Füße tragen, nach Bethlehem laufen«, sagten sie.

Auch diese Worte verstand er nicht. Doch neugierig, wie Hunde sind, folgte er ihnen, und niemand vermochte ihn zurückzuhalten, auch nicht der Trinker und Possenreißer, der allein am Feuer sitzen blieb. Zugleich mit den Hirten kam auch der Hund zu einem elenden Stall.

Aus seinem Versteck hinter einem Olivenbaum sah er sie vor einer Futterkrippe knien, sah eine Frau und einen Mann und über dem Stall am Himmel einen Stern, leuchtend und schön. Er schlich sich näher, umkreiste den Stall, bis ihm auf seiner Rückseite ein Riss in der Mauer den Blick ins Innere gewährte. Nun sah er die Gesichter der Hirten, in Andacht versunken, und entdeckte das Kind auf Heu und auf Stroh. Und dieses Kind streckte ihm, unsichtbar für alle anderen, die Ärmchen entgegen, ihm ganz allein, dem struppigen Hund, einem Köter nur.

Durch den Riss in der Mauer entdeckte er Ochs und Esel, erlebte die Ankunft der drei Könige; erlebte, wie die Frau das Kind auf die Arme nahm, um es in den Schlaf zu wiegen.

Erst als der Morgen dämmerte, die Hirten sich längst auf dem Heimweg befanden, die drei Könige weitergezogen waren und auch der Mann und die

Frau mit dem Kind die Flucht ergriffen hatten, um es vor Herodes zu schützen, erst jetzt wagte er sich aus seinem Versteck hervor.

Doch als er in den Stall kam, war er nicht allein. Vor der leeren Krippe stand der Trinker und Possenreißer. »Dich habe ich gesucht«, lachte er.

Begleitet von einem Duft aus Weihrauch und Myrrhe kehrten sie aufs Feld zurück, wo sie jubelnd empfangen wurden, wo die Hirten sie beide in ihre Mitte nahmen, den Trinker und Possenreißer zusammen mit dem struppigen Hund, einem Köter nur.

War ein Wunder geschehen?

Das perfekte Weihnachtsfest

CHRISTA SPILLING-NÖKER

Sie räkelte sich gemütlich im Bett und sah zum Fenster hinaus. Wie auf Bestellung hatte es angefangen zu schneien. Zarte weiße Flöckchen tanzten an ihrem Fenster vorbei. Pünktlich um 8 Uhr früh tönten Weihnachtslieder aus dem Lautsprecher ihres Radioweckers.

Stefan, ihr jüngster Sohn, hatte ihr extra ein solches Gerät mit CD-Player geschenkt, damit sie des Morgens nicht von Wetteroder Verkehrsnachrichten aus dem Schlaf geholt, sondern behutsam von ihrer Lieblingsmusik in den anbrechenden Tag geführt wurde. Aus der Küche strömte ihr der Duft von frisch gebackenem Brot und Bohnenkaffee entgegen. Sie genoss diese Segnungen der Technik, die ihr per Zeitschaltuhr die herrlichsten Düfte in die Räume zauberten, während sie sich selbst erst langsam erhob und ins Bad ging. Schnell huschte sie im Bademantel zum Briefkasten, damit sie zum Frühstück in aller Ruhe die Zeitung lesen konnte.

Endlich einmal ein Weihnachtsfest, ohne die ganze Familie zu Gast zu haben. In den vergangenen

Jahren waren ihre drei Kinder mit den Enkelkindern bei ihr gewesen, und sie hatte am Heiligen Abend um diese Zeit schon morgens beim Metzger angestanden, um die bestellte Gans abzuholen. Auch das Geschrei, das Gejohle und Gezänk der Enkel hatten sie ziemlich strapaziert. Man ist mit siebzig halt keine zwanzig mehr, hatte sie sich gesagt und war ganz froh, dass die Kinder in diesem Jahr zu Weihnachten miteinander eine Hütte in den Bergen gemietet hatten. Die Einladung, auch dorthin zu kommen, hatte sie ausgeschlagen. Heute würde sie es sich ganz alleine gemütlich machen. Während sie sich gerade eine Tasse Kaffee eingoss, klingelte es an der Tür. Sie fragte durch die Sprechanlage, wer da sei. »Die Post, ich habe ein Paket für Sie!«

Sie drückte auf den automatischen Türöffner. Mit flinken Schritten kam der junge Postzusteller die Treppen hinauf und reichte ihr ein Päckchen. Sie erkannte schon an dem Karton, dass es von einem großen Onlineversand kam. Das kann ich wohl jetzt schon einmal aufmachen, schließlich ist ja bereits Heiligabend. Sie holte ein Messer aus der Küche, ritzte das Paketklebeband auf, öffnete das Päckchen und entnahm ihm einen Kalender mit Rosenbildern für das kommende Jahr, daneben einen Zettel mit dem Namen ihres Jüngsten. Immerhin hat er sich daran erinnert, dass ich Rosen so liebe, dachte sie. Na ja, so schenkt man wohl heutzutage: Man geht ins Internet, sucht dort einen bestimmten Artikel aus, gibt eine entsprechende Versandadresse an – und schon hat man seine Pflicht getan. Kein großes Nachdenken, kein Stadtbummel, keine Parkplatzsuche, kein stressiges Einkaufen und Schlangestehen in den Geschäften, keine Qual der Wahl bei der Suche nach einem passenden Geschenkpapier, kein Gang zum Postamt. Ein Hauch von Verbitterung durchfuhr sie. Aber ich will mir den Tag dadurch nicht verderben lassen, dachte sie, frühstückte zu Ende und zog sich dann die warmen, gefütterten Stiefel an. Sie hatte sich für den Vormittag einen ausgiebigen Bummel über den Weihnachtsmarkt vorgenommen.

Hübsch sehen die bunten Buden im Schnee aus, dachte sie. Vom Karussell dröhnte ihr aus blechernen Lautsprechern »Ihr Kinderlein kommet« entgegen, während ein Leierkastenmann an der nächsten Ecke gleichzeitig »Stille Nacht« vor sich hin orgelte. Lebkuchenherzen wechselten mit blauen, roten und silbernen Kugeln, Zinnfiguren mit Holzweihnachtsmännern und Honigwachskerzen.

Doch die rechte Weihnachtsstimmung wollte nicht aufkommen. Sie genehmigte sich einen Glühwein und eine Tüte von den verlockend duftenden, noch warmen gebrannten Mandeln, aber auch diese Genüsse änderten nicht viel an ihrer Gemütsverfassung. Nun, es lässt sich eben nichts erzwingen, dachte sie etwas enttäuscht. [...]

Als sie die Wohnungstür aufschloss, öffnete ihre Nachbarin die Tür. »Ach, Frau Reimann, schön, dass Sie da sind. Da ist vorhin eine Blume für Sie angekommen – per Fleurop«, setzte sie noch hinzu.

»Danke, Frau Janssen, herzlichen Dank«, erwiderte Frau Reimann und nahm den eingewickelten Blumentopf in Empfang, der sich nach der Entfernung des Seidenpapiers als wunderschöner roter Weihnachtsstern entpuppte. »Frohe Weihnachten, Mutter, Dein Michael«, stand auf der beiliegenden Karte, die offenbar nicht von ihrem Ältesten selbst, sondern in aller Eile von einer Blumenverkäuferin geschrieben worden war. Alle haben sie an mich gedacht, versuchte sie sich selbst gut zuzureden, und dennoch konnte sie sich nicht so recht freuen.

Sie aß eine Kleinigkeit zu Mittag und legte sich danach hin, um sich von dem Spaziergang am Vormittag auszuruhen. Gegen drei Uhr stand sie wieder auf, um es sich bei Kaffee und Kuchen nun so richtig gemütlich zu machen. Sie hatte sich extra einen Dresdner Christstollen schicken lassen, der ihr an Weihnachten nicht fehlen durfte. Genüsslich schnitt sie sich zwei Scheiben ab und legte zu ihrer Kaffeestunde Bachs Weihnachtsoratorium auf. Während der zweiten Kantate holte sie das Weihnachtspaket von Jutta hervor, das schon vor einigen Tagen gekommen war, und öffnete es behutsam. Ihre Tochter hatte wieder einmal an alles gedacht. Eine Dose mit selbstgebackenen

Weihnachtsplätzchen fand sie, das geliebte Marzipanbrot; dazu den Roman, den sie sich gewünscht hatte. Neben kleinen Basteleien der Enkel lag auch noch eine DVD in dem Päckchen. Sie stoppte die Musik und legte die DVD ein. Ihr Enkel Tobias erschien im Bild und sagte ein Weihnachtsgedicht auf. Dann folgten ganz persönliche gute Wünsche zu Weihnachten von Jutta und Harald, ihrem Schwiegersohn. Zum Schluss krähte auch ihr jüngster Enkel David ein »frohe Weihnachten, Ommi!« ins Mikrofon. Am Ende erklangen noch ein paar Weihnachtslieder, aufgenommen aus der letzten Volksmusiksendung vom vierten Advent.

Alles ist wie immer, dachte sie. Die Kaffeestunde mit Dresdner Stollen, die Blumen und Plätzchen, das Weihnachtsgedicht von Tobias. Trotzdem wollte die rechte Weihnachtsfreude noch immer nicht aufkommen. Halb unbewusst sehnte sie sich danach, dass Tobias es sich auf ihrem Schoß gemütlich machen und seine kleinen Ärmchen um sie schlingen würde. Warum hatte sie sich im vergangenen Jahr nur so darüber aufgeregt, als er dabei seinen heißen Kakao über ihr neues Seidenkleid gegossen hatte? »Wisst ihr eigentlich, was das Kleid gekostet hat?«, hatte sie Jutta und Harald angefaucht, »könnt ihr eure Kinder nicht besser erziehen?« Wie lächerlich ihre Reaktion damals gewesen war, begann sie erst jetzt zu ahnen.

Jetzt will ich mal sehen, was es Neues in der Welt gibt, dachte sie und schaltete den Computer ein. Erfreut sah sie, dass sie eine neue Mail hatte. Sie las: »Frohe Weihnachten, Mutter, mach es Dir nur richtig gemütlich, wir denken an Dich, Stefan und Hanna, Michael und Lisa, Jutta und Harald und die Kinder.« Wie können sie mir von ihrer Hütte aus eine E-Mail schicken?, dachte sie, bis ihr einfiel, dass das heutzutage auch mit einem Handy möglich war. Per Handy hätten sie mich ja auch anrufen können, überlegte sie, wollte aber nicht ungerecht sein. Immerhin haben sie alle an mich gedacht und auf ihre Art versucht, mir zu Weihnachten Freude zu machen, ging es ihr durch den Kopf. [...]

Sie sah sich schließlich den Gottesdienst im Fernsehen an und las anschließend ein wenig in dem Roman, den Jutta ihr geschickt hatte. Gegen Abend schob sie dann das beim Metzger erstandene tiefgefrorene Festessen in die Mikrowelle. Schon nach kurzer Zeit duftete es köstlich nach gebratener Gänsekeule mit Rotkohl und Kartoffelklößen. Sie hatte sich auf dieses Essen gefreut und es schmeckte wirklich lecker, aber ihr fehlte der rechte Appetit, sodass sie kaum die Hälfte aß und den Rest in den Kühlschrank stellte. »Das kann ich mir ja morgen noch einmal heiß machen«, sagte sie leise zu sich selbst. Was ist nur los mit mir, dachte sie. Ich habe doch alles, was ich brauche, und dennoch fühle ich mich nicht so recht wohl in meiner Haut. Ob ich mir heute früh auf dem Weihnachtsmarkt eine Grippe geholt habe? Sie setzte gerade Wasser auf, um sich einen Tee zu kochen, als es klingelte. »Nanu, wer wird denn noch zu so später Stunde etwas von mir wollen?«, dachte sie. Es war inzwischen halb elf, und sie war bereits im Bademantel.

»Frau Reimann, bitte helfen Sie mir!«, hörte sie die Stimme der jungen Frau, die über ihr wohnte, durch die Tür. Sie öffnete schnell. Frau Gebhard war in Tränen aufgelöst. »Bitte, Frau Reimann, wäre es wohl möglich, dass Sie ein paar Stunden auf meinen Kleinen, den Julian, aufpassen? Der Bastian spuckt Blut und ich muss sofort mit dem Jungen in die Klinik. Aber ich weiß nicht, wie lange das dauern wird und was ich in der Zwischenzeit mit Julian machen soll. Ich kann ihn doch nicht mit ins Krankenhaus nehmen. Bitte, helfen Sie mir!« Schnell streifte Frau Reimann den Bademantel ab und zog wieder Rock und Pulli an. Mit für ihr Alter erstaunlichem, nahezu jugendlichem Schwung sprang sie hinter Frau Gebhard die Treppen hinauf und marschierte durch die angelehnte Wohnungstür geradezu ins Kinderzimmer. Der Junge war noch wach.

»Hallo, du bist der Julian? Ich bin die Oma Reimann, die unter euch wohnt. Ich bleibe jetzt bei dir, bis deine Mama wieder zurück ist, aber das hat sie dir sicher schon gesagt.« Der Junge nickte. »Soll ich dir etwas vorlesen?« Ohne die Antwort abzuwarten, nahm sie das erstbeste Bilderbuch und begann, die Verse unter den Bildern zu lesen.

»Lieber das Märchen vom Wolf und den sieben Geißlein«, bat Julian. In dem Augenblick kam Frau Gebhard hereingestürzt, den leichenblassen Bastian auf dem Arm. »Das Märchenbuch ist hier!« Sie hatte gerade den letzten Satz Julians aufgeschnappt und drückte Frau Reimann ein völlig zerfleddertes Buch in die Hand. »Das Taxi ist da, in ein paar Stunden bin ich wieder zu Hause, und vielen Dank auch!«, rief sie der alten Dame noch zu, bevor sie im Treppenhaus verschwand.

Julian war aber mit einem Märchen allein nicht zufrieden. Er nutzte die Gunst der Stunde, um noch einmal aus dem Bett zu klettern und seine elektrische Eisenbahn über die neuen Weichen rattern zu lassen. Nachdem zwei Züge zusammengestoßen und entgleist waren, verlor er die Lust daran und wollte fernsehen. Dabei pflanzte er sich mit ungestümer Geste wie selbstverständlich auf Frau Reimanns Schoß und kuschelte sich an sie. »Endlich habe ich auch einmal eine Oma«, sagte er. »Omas erlauben nämlich immer viel mehr als die Mama, jedenfalls sagen das alle in der Kita.«

Für kurze Zeit bot das Fernsehen spannende Bilder, dann begann der Junge wieder unruhig zu werden. »Kann ich noch Schokoladencreme haben?«, bat er, »sie steht im Kühlschrank ganz unten.«

»Aber du hast doch sicher vorhin schon deine Zähne geputzt«, erwiderte Frau Reimann.

»Aber wenn du eine richtige Omi bist, dann kriege ich jetzt trotzdem noch was«, erwiderte der Kleine mit einem verschmitzten Gesichtsausdruck.

Welche »Oma« konnte da schon widerstehen. Sie spürte, wie ihr warm ums Herz wurde, ging in die Küche und füllte ein Schälchen mit der Sahnecreme. Es kam, wie es kommen musste. Wieder auf ihrem Schoß und gleichzeitig mit Essen und Fernsehen beschäftigt, landete bereits der dritte Löffel *Mousse au chocolat* auf ihrem cremefarbenen Pullover. Sie ging ins Bad, um den Klecks zu beseitigen, aber ein Fleck blieb. »Nun kommt es doch heraus, dass du noch genascht hast«, meinte sie. »Dann sagen wir einfach, dass du noch Pudding gegessen hast«, erwiderte der Kleine schelmisch.

»Du bist ja ein ganz schöner Schlingel«, lächelte sie. »Das machen wir nicht. Jetzt werden die Zähne eben noch einmal geputzt und dann ab ins Bett.« Erstaunlicherweise gehorchte der Junge. Kaum lag er unter der Decke, da schlief er auch schon.

Kurze Zeit später kam seine Mutter zurück. »Sie haben Bastian über Nacht in der Klinik behalten, ich fahre morgen früh gleich wieder hin. Haben Sie es denn mit meinem kleinen Räuber gut ausgehalten?«

»Wir haben uns von Anfang an prächtig verstanden«, erwiderte Frau Reimann. Die Spuren der Puddingschlacht sah Frau Gebhard in ihrer Aufregung gar nicht. »Wenn Sie morgen früh gleich wieder in die Klinik müssen, dann kommen Sie doch mit Julian zum Frühstück zu mir. Dann haben Sie weniger Stress.«

»Ach danke, das ist lieb von Ihnen. Wenn Ihnen das wirklich nichts ausmacht, komme ich gern.«

»Und Julian können Sie am Vormittag dann auch bei mir lassen, etwas Spielzeug habe ich ja immer für die Enkel da.«

»Ich weiß nicht, wie ich das wiedergutmachen kann«, erwiderte die junge Frau.

»Da gibt es nichts wiedergutzumachen«, sagte Frau Reimann, »im Grunde genommen bin ich heute Abend beschenkt worden. Das richtige Leben ist eben doch ganz etwas anderes als das, was einem die beste Technik vermitteln kann«, sagte sie leise zu sich selbst, um an Frau Gebhard gewandt laut hinzuzufügen: »Eine richtige Oma ist eben immer im Dienst.«

Eine Rose im Schnee

Die Christrose

DORIS BEWERNITZ

Gott, nachdem er die Jahreszeiten gemacht hatte, damit Bäume und Blumen, Tiere und Menschen ausruhen könnten und zur Besinnung kämen, sah bald, dass die Menschen im Winter mehr litten als sonst, dass ihre Seelen, die ja mit den Blumen verwandt waren, sich quälten in Kälte und Finsternis, weil keine Farben um sie waren, kein Duft, kein Blühen. Und so sandte er mit seinem Sohn mitten im tiefsten Winter auch eine kleine Blume auf die Welt, gab ihr den Namen seines Sohnes und trug ihr auf, gerade dann zu blühen, wenn die anderen Blumen sich ausruhten, um die Menschen mit ihrem Anblick daran zu erinnern, dass der Winter nicht ewig dauert.

Nicht die Starken, nicht die Großen
wenden Wintertod und -weh
Nein, die Kleinen, Zarten, Bloßen
wachsen sacht durch Eis und Schnee

Wenn der Frost am tiefsten ist
zu verströmen ihre Güte
in unendlicher Geduld
öffnet sich die weiße Blüte

Uns zu zeigen, dass die Kälte
doch am Ende unterliegt
dass, wie dunkel auch die Nacht sei
sie nicht bleibt und niemals siegt

In der Mitte des Winters

CHRISTA SPILLING-NÖKER

Aufblühen,
in der Mitte des Winters,
unter kahlen Zweigen,
in frostiger Kälte
und eisiger Trostlosigkeit.

Aufblühen,
in der Mitte des Winters,
wenn noch niemand
den Frühling
auch nur zu ahnen vermag.

Aufblühen,
in der Mitte des Winters,
Hoffnungszeichen im Herzen,
wie es die Gnade
der Weihnacht verheißt.

Das Geschenk des Hirten

NACH EINER LEGENDE

In der Heiligen Nacht sprachen die Hirten zueinander: »Kommt, lasset uns nach Bethlehem gehen und sehen, was da geschehen ist!« Und sie machten sich eilends auf. Jeder nahm ein Geschenk mit: Butter und Honig, einen Krug mit Milch, Wolle vom Schaf und ein warmes Lammfell.

Nur ein Hirtenknabe hatte nichts zum Schenken. Er suchte auf der Winterflur nach einem Blümchen. Er fand keins. Da weinte er, und die Tränen fielen auf die harte Erde. Sogleich sprossen aus den Tränen Blumen hervor, die trugen Blüten wie Rosen. Fünf Blütenblätter, zart und weiß, standen zum Kelch zusammen, daraus ein Kranz von goldenen Staubgefäßen gleich einer Krone hervorleuchtete. Voll Freude pflückte der Knabe die Blumen und brachte sie dem göttlichen Kind in der Krippe.

Seit der Zeit blüht diese Blume jedes Jahr in der Weihnacht auf. Die Menschen nennen sie Christrose.

Die Blume der Dichter

ULRICH SANDER

Sie ist ein Kind der Berge, dort ist die ursprüngliche Heimat der Christrose. Ihr Geheimnis: Sie blüht in Eis und Schnee. Viele Namen trägt sie: Schneerose, Winterrose, Lenzrose ... Dabei ist sie, genau genommen, gar keine Rose, sondern gehört zur Familie der »Hahnenfußgewächse«. Alle Pflanzenteile sind giftig (und sollten von ganz kleinen Kindern ferngehalten werden), besonders die schwarze Wurzel, daher ihr botanischer Name »Schwarze Nieswurz« oder *Helleborus niger*.

In der Antike und im Mittelalter wurde sie als Medizin- und Zauberpflanze betrachtet. Ihr eigentlicher Zauber aber liegt in ihrer ursprünglichen Schönheit. Auf immergrünem Laub entfalten sich ihre weiß bis rosa gefärbten Kelchblätter (Kreuzungen und Züchtungen haben Pflanzen mit stärkeren Farben ergeben). Die eigentlichen Blütenblätter sind zu flachen Honigblättern zusammengerollt – sie verströmen den Duft der Christrose und ernähren mit ihrem Nektar die Frühaufsteher unter den Faltern und Bienen.

Wie in Indien seit je um die Lotosblüte, die sich strahlend rein aus dem Schlamm erhebt, symbolische Deutungen ranken, so hat bei uns die Christrose, die mitten im kalten Winter blüht, die Fantasie der Dichter und Geschichtenerzähler bewegt.

Wie ihr Name so verbindet auch die Fantasie der Dichter sie mit dem winterlichen Fest der Christgeburt: Die Legenden um ihre Entstehung weisen auf das Kind, das in der Heiligen Nacht zur Welt kam, auf den Stern, der in die Winterdunkelheit himmlisches Licht gebracht hat.

Die Christrose

JOHANNES TROJAN

In der schweigenden Welt,
Die der Winter umfangen hält,
Hebt sie einsam ihr weißes Haupt;
Selber geht sie dahin und schwindet
Eh' der Lenz kommt und sie findet,
Aber sie hat ihn doch verkündet,
Als noch keiner an ihn geglaubt.

Die Legende von der Christrose

SELMA LAGERLÖF

Im schwedischen Kloster Öved gab es zu Zeiten einen Lustgarten, so prächtig, wie er im ganzen Land nicht zu finden, angelegt von Abt Johannes. Als einer Tages die Räubermutter, die in der Räuberhöhle oben im Göinger Walde hauste, auf Bettelzug am Kloster vorbeikam, spazierte sie durch den Garten. Als Abt Johannes sie freundlich fragte, ob ihr der Garten gefalle, da antwortete sie: »Als ich ihn zuerst erblickte, da schien es mir, als ob ich nie etwas Schöneres gesehen hätte, aber jetzt merke ich, dass er sich mit einem andern nicht messen kann, den ich kenne.« Abt Johannes aber konnte nicht glauben, woher die Räubermutter aus dem Göinger Wald zwischen Tannen und Wacholderbüschen jemals einen ähnlichen Garten gesehen haben konnte. Die Räubermutter aber erzählte vom Weihnachtswunder im Göinger Wald, der sich in jeder Weihnachtsnacht in einen Lustgarten verwandle, um die Geburtsstunde unseres Herrn und Heilands zu feiern. Davon hatte Abt Johannes schon seit seiner Kindheit erzählen hören und sich oft danach gesehnt, es zu sehen: Da bat er die Räubermutter, sie möge ihn um die Weihnachtszeit in die Räuberhöhle kommen lassen. Wenn sie nur eins ihrer Kinder schickte, ihm den Weg zu zeigen, dann wolle er allein hinaufreiten, und er würde sie nie und nimmer verraten, sondern sie im Gegenteil so reich belohnen, wie es nur in seiner Macht stünde.

Und als Erzbischof Absalon durch das Land reiste und nach Öved kam, bat ihn Abt Johannes um einen Friedensbrief für den Räubervater aus dem Göinger Wald, der nun schon viele Jahre vogelfrei war und sich verstecken musste. »So viel kann ich dir versprechen, Abt Johannes«, sagte er und lächelte, »an welchem Tage immer du mir eine Blume aus dem Weihnachtsgarten im Göinger Walde schickst, will ich dir einen Freibrief für alle Friedlosen geben, für die du mich bitten magst.«

Als nun die Weihnachtszeit gekommen war, schickte die Räubermutter einen ihrer Jungen, der Abt Johannes mit seinem Knecht, dem Gärtner des Klosters, in den Wald führen sollte. Gerade als der Tag zur Neige ging, führte der Räuberjunge sie über eine Waldwiese, die von hohen Bäumen umgeben war. Hinter der Wiese erhob sich eine Felswand, und in der Felswand sahen sie eine Tür aus rohen Planken. Nun merkte Abt Johannes, dass sie am Ziel waren, und er stieg vom Pferde. Das Kind öffnete ihm die schwere Tür, und er sah in eine ärmliche Berggrotte mit nackten Steinwänden. Die Räubermutter saß an einem Blockfeuer, das mitten auf dem Boden brannte, an den Wänden standen Lagerstätten aus Tannenreisig und Moos, und auf einer von ihnen lag der Räubervater und schlief. Abt Johannes trat nun kühn in die Grotte, und der Laienbruder folgte ihm. Da sah es gar ärmlich und dürftig aus, und nichts war geschehen, um das Weihnachtsfest zu feiern. Doch die Räubermutter war ebenso stolz und selbstbewusst wie nur irgendeine wohlbestallte Bauersfrau. – »Setz dich nun hier ans Feuer, Abt Johannes, und wärme dich«, sagte sie, »und wenn du vom Ritt müde bist, kannst du dich auf eine dieser Lagerstätten ausstrecken und ruhen. Du brauchst keine Angst zu haben, dass du verschlafen könntest. Ich sitze hier am Feuer und wache, und ich will dich schon wecken, damit du zu sehen bekommst, wonach du ausgeritten bist.«

Abt Johannes gehorchte der Räubermutter in allen Stücken; und sowie er sich auf dem Lager ausgestreckt hatte, schlummerte er ein. Dem Klostergärtner ward auch eine Ruhestatt angewiesen, aber er wagte nicht, zu schlafen, weil er ein wachsames Auge auf den Räubervater haben wollte. Allmählich jedoch erlangte die Müdigkeit auch über ihn solche Gewalt, dass er einschlummerte. Als er erwachte, sah er, dass Abt Johannes sein Lager verlassen hatte und jetzt am Feuer saß und mit dem Räuberpaar Zwiesprache pflog. »Mein Wille ist es, dir einen Freibrief vom Erzbischof zu verschaffen«, sagte er. Kaum hatte er dies gesagt, als der Räubervater und die Räubermutter ein schallendes Gelächter aufschlugen. Sie wussten nur zu wohl, welche Gnade ein Waldräuber vom Bischof Absalon zu erwarten hatte. – »Ja, wenn ich einen Freibrief von Absalon bekomme«, sagte der Räubervater, »dann gelobe ich dir, nie mehr auch nur so viel wie eine Gans zu stehlen.«

Aber plötzlich sprang die Räubermutter auf: »Jetzt höre ich bis in unsere Höhle, wie die Weihnachtsglocken läuten.« Kaum war dies gesagt, als alle aufsprangen und hinausliefen. Das einzige, was man vernahm, war ferner Glockenklang, der von einem leisen Südwind hergetragen wurde. Wie soll dieser Glockenklang den toten Wald wecken können? dachte Abt Johannes. Denn jetzt, wo er mitten im Waldesdunkel stand, schien es ihm viel unmöglicher als früher, dass hier ein Lustgarten erstehen könnte.

Aber als die Glocke ein paar Augenblicke geläutet hatte, zuckte plötzlich ein Lichtstrahl durch den Wald. Es kämpfte sich wie ein leuchtender Nebel zwischen den dunkeln Bäumen durch, bis die Dunkelheit in schwache Morgendämmerung überging. Da sah Abt Johannes, wie der Schnee vom Boden verschwand und die Erde zu grünen begann. Das Farnkraut streckte seine Triebe hervor, die Mooshügelchen schwollen und hoben sich, und die Frühlingsblumen schossen mit schwellenden Knospen auf, die schon einen

Schimmer von Farbe hatten. Ein starker, warmer Südwind blies und säte über die Waldwiese alle die Samen aus südlichen Ländern, die von Vögeln und Schiffen und Winden in das Land gebracht worden waren; und sie schlugen Wurzel und schossen Triebe in demselben Augenblick, da sie den Boden berührten. Alles ging nun so rasch, dass Abt Johannes gar nicht Zeit hatte, zu überlegen, welches Wunder gerade geschah.

Die nächste Welle, die herangebraust kam, brachte den Duft frischgepflügter Felder. Der Wacholder trug Beeren, die jeden Augenblick die Farbe wechselten. Und die Waldblumen bedeckten den Boden, dass er ganz weiß und blau und gelb war. Abt Johannes beugte sich zur Erde und brach eine Erdbeerblüte. Und während er sich aufrichtete, reifte die Beere. Die Füchsin kam aus ihrer Höhle mit einer großen Schar von schwarzbeinigen Jungen hinter sich her. Sie ging auf die Räubermutter zu und rieb sich an ihrem Rock, und die Räubermutter beugte sich zu ihr hinunter und lobte ihre Jungen.

Die Kinder der Räubermutter stießen zwitschernde Freudenschreie aus. Sie aßen sich an den Waldbeeren satt, die groß wie Tannenzapfen an den Sträuchern hingen. Eines von ihnen spielte mit einer Schar junger Hasen, ein andres lief mit den jungen Krähen um die Wette. Immer wieder kamen neue Wellen von Wärme und Licht. Abt Johannes dachte an die Blume, die er für Bischof Absalon pflücken wollte, aber eine

Blume wuchs herrlicher heran als die andre, und er wollte die allerschönste wählen.

Abt Johannes merkte, wie alles still wurde: Die Seligkeit, die nahte, war von der Art, dass einem das Herz stillstehen wollte. Aus weiter, weiter Ferne hörte man leise Harfentöne und überirdischen Gesang. Da faltete er die Hände und sank in die Kniee. Sein Gesicht strahlte von Seligkeit. Nie hatte er erwartet, dass es ihm beschieden sein würde, schon in diesem Leben des Himmels Wonne zu kosten und die Engel Weihnachtslieder singen zu hören.

Aber neben Abt Johannes stand der Gärtnergehilfe, der ihn begleitet hatte. Er sah den Räuberwald voll Grün und Blumen, und er wurde zornig in seinem Herzen, weil er sah, dass er einen solchen Lustgarten nie und nimmer schaffen könnte, wie er sich auch mit Hacke und Spaten mühte. Und er vermochte nicht zu begreifen, warum Gott solche Herrlichkeit an das Räubergesindel verschwende, das seine Gebote missachtete. Gar dunkle Gedanken zogen durch seinen Kopf. »Das kann kein rechtes Wunder sein«, dachte er, »das sich bösen Missetätern zeigt. Das kann nicht von Gott stammen, das ist aus Zauberei entsprungen. Es ist die Macht des bösen Feindes, die uns verhext und uns zwingt, das zu sehen, was nicht ist.« Jetzt waren die Engelscharen so nahe, dass Abt Johannes ihre Lichtgestalten zwischen den Stämmen des Waldes schimmern sah. Der Klostergärtner sah dasselbe wie er, aber er dachte nur, welche Arglist darin läge, dass die bösen Geister ihre Künste gerade in der Nacht betrieben, in der der Heiland geboren war.

Die ganze Zeit über hatten die Vögel Abt Johannes Haupt umschwärmt, und er hatte sie zwischen seine Hände nehmen können. Aber vor dem Gärtnergehilfen hatten sich die Tiere gefürchtet. Nun war da eine kleine Waldtaube. Als sie merkte, dass die Engel nahe waren, nahm sie ihren ganzen Mut zusammen und flog dem Klostergärtner auf die Schulter und schmiegte das Köpfchen an seine Wange. Da vermeinte er, dass der Zauber ihm nun völlig auf den Leib rücke, ihn in Versuchung zu führen und zu verderben. Er schlug mit der Hand nach der Waldtaube und rief mit lauter Stimme, so dass es durch den Wald hallte: »Zieh du zur Hölle, von wo du gekommen bist!«

Als die Worte des Klostergärtners ertönten, da verstummte urplötzlich der Gesang der Engel, und die himmlischen Gäste wandten sich zur Flucht. Die Dunkelheit sank auf die Erde hinab wie eine Decke, die Kälte kam, die Pflanzen auf dem Boden schrumpften zusammen, die Tiere enteilten, das Rauschen der Wasserfälle verstummte, das Laub fiel von den Bäumen, prasselnd wie Regen.

Abt Johannes fühlte, wie sein Herz, das eben vor Seligkeit gezittert hatte, sich jetzt in unsäglichem Schmerz zusammenkrampfte. Niemals kann ich dies überleben, dachte er, dass die Engel des Himmels mir so nahe waren und vertrieben wurden. In demselben Augenblick erinnerte er sich an die Blume, die er Bischof Absalon versprochen hatte, und er beugte sich zur Erde und tastete unter dem Moos und Laub, um noch im letzten Augenblick etwas zu finden. Aber er fühlte, wie die Erde unter seinen Fingern gefror, und wie der weiße Schnee über den Boden geglitten kam. Doch er konnte sich nicht erheben, und man fand ihn tot auf der Schneedecke liegen.

Als Abt Johannes nach Öved hinuntergebracht worden war, umklammerte seine Hand ein paar weiße Wurzelknollen, die er aus Moos und Laub hervorgerissen hatte. Und als der Klostergärtner diese Wurzeln sah, nahm er sie und pflanzte sie in des Abtes Garten in die Erde. Als aber der Weihnachtsabend kam, da sah er, dass üppige grüne Stängel daraus emporgewachsen waren, die schöne Blumen mit silberweißen Blättern trugen. Da machte sich der Klostergärtner auf, um Bischof Absalon einige Blumen zu bringen, wie es Abt Johannes versprochen hatte: »Dies schickt dir Abt Johannes. Es sind die Blumen, die er dir aus dem Weihnachtslustgarten im Göinger Walde zu pflücken verheißen hat.«

Als Bischof Absalon die Blumen sah, die in dunkler Winternacht der Erde entsprossen waren, wurde er so bleich, als wäre er einem Toten begegnet: »Abt Johannes hat sein Wort gut gehalten; so will auch ich das meine halten.« Und er ließ einen Freibrief für den wilden Räuber ausstellen, der von Jugend an friedlos im Walde gelebt hatte. Er übergab dem Klostergärtner den Brief, und dieser zog damit zur Räuberhöhle und verkündete dem Räuber, dass er nicht mehr vogelfrei sei, und zeigte ihm das Siegel Absalons, das an dem Pergamente hing. Da blieb der Räubervater stumm und bleich stehen, aber die Räubermutter sagte in seinem Namen: »Abt Johannes hat sein Wort getreulich gehalten, so wird auch der Räubervater das seine halten.«

Und als der Räubervater und die Räubermutter aus der Räuberhöhle fortzogen, da zog der Klostergärtner hinein und hauste dort einsam im Walde unter unablässigem Gebet, dass sein hartes Herz ihm verziehen werde. Und niemand darf ein strenges Wort über einen sagen, der bereut, wohl aber kann man wünschen, dass seine bösen Worte ungesagt geblieben wären, denn nie mehr hat der Göinger Wald die Geburtsstunde des Heilands gefeiert, und von seiner Herrlichkeit lebt nur noch die Pflanze, die Abt Johannes dereinst gepflückt hat. Man hat sie Christrose genannt, und jedes Jahr sprießt sie zur Winterszeit, als könnte sie nie und nimmer vergessen, dass sie einmal in dem großen Weihnachtslustgarten erwachsen ist.

In ein neues Jahr

Zeit-Segen

CHRISTA SPILLING-NÖKER

Möge dir ein jeder Tag
in all seinen Stunden,
seinen Minuten und seinen
unzählbar scheinenden Sekunden
von Augenblick zu Augenblick
gesegnet sein.

Möge dir die Zeit, die dich erwartet,
immer wieder neue Ideen
ins Herz buchstabieren,
damit sich dein Leben
spannungsvoll fortschreibt
wie ein lesenswertes Buch.

Bei mir selber zu Hause sein

PIERRE STUTZ

Die Zeit zwischen Weihnachten und dem Dreikönigstag, besonders die Nächte zwischen dem 25. Dezember und dem 6. Januar werden die Zwölf Heiligen Nächte genannt. Sie sind für mich eine Einladung, der Kraft der Nacht zu vertrauen, indem ich alleine oder mit anderen bewusst eine Stunde in der Nacht unterwegs bin. Auf diesem Weg halte ich immer wieder inne, stehe aufrecht da zwischen Erde und Himmel. Beim tiefen Ein- und Ausatmen erinnere ich mich, dass nicht nur die Kirchen das Haus Gottes sind, sondern auch Schöpfung und Kosmos.

Aus dieser Verbundenheit mit Schöpfung und Kosmos ist es sinnvoll, nach uralter Tradition während der Zwölf Heiligen Nächte besonders auf Träume zu achten. Während der Festtage und der Zeit des Übergangs in ein Neues Jahr ist es für mich hilfreich, meinen Träumen mehr Beachtung zu schenken. In meinen Träumen kommen mir aktuelle, unverarbeitete Erfahrungen, Urbilder und Bilder der Ewigkeit entgegen, die mir eine Hilfe sein können, um mich in meinem eigenen Haus zurechtzufinden. Beim Erwachen nehme ich mir Zeit, meine Träume aufzuschreiben, damit ich auch mit jemandem darüber sprechen kann.

Die Tage und Nächste zwischen den Jahren sind ein besonderer Moment der Standortbestimmung: Wo bin ich zu Hause? Welche Beziehungen fördern in mir Beheimatung? Welche Beziehungen hindern mich, bei mir selbst zu sein? Wie könnte ich dieses Jahr anderen ein Zuhause ermöglichen? Was ist wirklich wesentlich, um Beheimatung zu erfahren? Wem möchte ich ein Echo geben als Dank für bestärkende Erfahrungen? Welche kraftvollen Erfahrungen stärken mein Vertrauen? Wie konnte ich reifen und wachsen an den Schwierigkeiten dieses Jahres? Weniger ist mehr. Es lohnt sich, während der Festtage weniger Besuche zu machen. So kann ich mit Menschen, die mir nahe sind, denen ich vertraut bin, eine gegenseitige Standortbestimmung wagen, die ermutigt, vertrauensvoll in die Zukunft zu gehen.

In den weihnachtlichen Texten des Lukasevangeliums begegne ich Hanna und Simeon (Lukas 2,21–40). Sie erkennen im Kleinen, im göttlichen Kind, das Große, das Wunderbare. So erfahren sie die Zusage, dass es nie zu spät ist, klein anfangen zu können. In ihnen verdichtet sich für mich die Verabschiedung eines Ideals der Vollkommenheit. Bis zur letzten Sekunde unserer Leben und über den Tod hinaus können wir vertrauen, dass wir bruchstückhaft sein dürfen, weil das Wesentliche im Leben immer ein Geschenk ist.

Bei mir selber zu Hause sein
auch im kommenden Jahr
im Annehmen meiner Talente
und meiner Grenzen

Bei mir selber zu Hause sein
im dankbaren Staunen
über den Geschenkcharakter
des Lebens

Bei mir selber zu Hause sein
auch im Neuen Jahr
im Entfalten
einer wohlwollenden
Konfliktfähigkeit

Bei mir selber zu Hause sein
in der Offenheit und Toleranz
eines Engagements
für die Menschenrechte

Bei mir selber zu Hause sein
im Schweigen
den heiligen Ort in mir erfahren
der verbindet mit allem

Dem Frühling entgegen blühen

ANDREA SCHWARZ

In den letzten Tagen und Wochen haben wir in unserem Garten wieder etwa 150 Blumenzwiebeln vergraben, die jetzt in der Erde dem Frühling entgegenträumen. Und die dreihundert Tulpen und Narzissen vom vergangenen Jahr haben sich ja auch noch irgendwo versteckt.

Willi Bruners hat einmal den Satz geprägt: »Im Schnee an die Kraft der Krokusse glauben«, und Pablo Neruda sagte: »Sie können wohl alle Blumen abschneiden, aber sie werden den Frühling nicht verhindern.« Das ist Weihnachten.

Weihnachten geschieht mitten in all das Dunkel, die Angst, die Hoffnungslosigkeit hinein. Weihnachten ist noch nicht der Frühling – aber jetzt fängt der Frühling an. »Die Steppe wird jubeln und blühen«, heißt es beim Propheten Jesaja – das ist die Zusage. Mit Weihnachten kommt die Kraft des Lebens zu den Menschen – um alle unsere Wege mitzugehen, die hellen und die dunklen, die angenehmen und die schweren. Aus dem Dunkel heraus gehen wir dem Frühling entgegen.

dem frühling entgegen blühen

der wind
geht rau
nebel zieht
übers land

das dunkel
nimmt die sicht
die kälte lässt
erstarren

unsicher
verletzt
angeschlagen
ratlos

viel ohnmacht
wenig kraft
mauern als schutz
und graue träume

und doch hoffen
und doch lieben
und doch gehen
und doch sein

und steine sammeln
und nicht werfen
um ein neues haus
zu bauen

und blumenzwiebeln
in die erde legen
im kahlen baum
die blüten sehen

mit einem kind
das neue wagen
und dem frühling
jetzt entgegen blühen

Heute

MAX FEIGENWINTER

Heute kann ein neuer Anfang sein,
wenn wir ruhig werden,
uns selbst zuhören,
wahrnehmen, was wir wünschen,
was wir brauchen,
was wichtig und wesentlich ist.

Heute kann ein neuer Anfang sein,
wenn wir aufeinander zugehen,
uns zeigen, wie wir sind:
stark und verletzlich,
mutig und ängstlich,
überzeugt und verunsichert.

Heute wird ein neuer Anfang sein,
wenn wir an uns glauben,
Beziehungen stärken,
uns ernst nehmen
und wachsen lassen,
was in uns angelegt ist.

Die drei Fragen

NACH LEO TOLSTOI

Ein König lebte in seinem Palast und war trotz all seinem Reichtum in Sorge. Wie könnte er sicherstellen, dass ihm in Zukunft nichts missglückte? Er dachte bei sich: Wenn ich nur immer die Zeit wüsste, wann ich ein Werk zu beginnen habe. Wenn ich nur immer Bescheid wüsste, mit welchen Menschen ich mich einlassen sollte und mit welchen nicht. Wenn ich nur immer sagen könnte, welches von allen möglichen Werken dasjenige ist, das ich vollbringen sollte.

Der König rief die Weisen des Landes zu sich, aber sie waren in ihren Antworten auf die drei Fragen an keiner Stelle einig, und was sie vorbrachten, gefiel dem König nicht. Da entschloss er sich, einen Einsiedler zu befragen. Dessen Weisheit stand in großem Ruf. Er lebte in einer Hütte im Wald und empfing nur einfache Leute.

Daher zog der König ein schlichtes Gewand an und näherte sich ohne Pferd und Gefolge der Klause des Einsiedlers. Der grub vor seiner Hütte die Beete um und wirkte mager und schwach. Er begrüßte den Gast und grub ruhig weiter.

Der König sprach ihn an: »Weiser Einsiedler, ich bin gekommen, um dich zu bitten, mir drei Fragen zu beantworten: Welches ist die Zeit, die man einhalten muss und nicht versäumen darf, um hinterher nichts bereuen zu müssen? Welche Menschen sind die unentbehrlichsten? Welches Werk ist das wichtigste und muss daher vor allem anderen vollbracht werden?«

Der Einsiedler hörte dem König zu, ohne zu antworten. Er spuckte in die Hände und setzte seine Arbeit fort. »Ruh dich ein bisschen aus«, sagte der König, »und gib mir den Spaten!« »Danke«, erwiderte der Einsiedler, reichte dem Gast den Spaten und setzte sich auf die Erde.

Als der König zwei Beete umgegraben hatte, wiederholte er seine Fragen. Aber der Einsiedler antwortete auch dieses Mal nicht, sondern stand auf und streckte die Hände nach dem Spaten aus. »Jetzt ruhe du, ich will nun ...«, sagte er.

Der König aber behielt den Spaten in der Hand und fuhr fort zu graben. Schließlich begann die Sonne hinter den Bäumen zu versinken, da steckte der König den Spaten in die Erde und sagte: »Ich bin zu dir gekommen, weiser Mann, um auf meine Fragen eine Antwort zu erhalten. Wenn du keine Antwort auf sie weißt, sag es mir doch, dann will ich nach Hause gehen.«

»Sieh einmal, da kommt jemand gelaufen«, sprach der Einsiedler, »lass sehen, wer das ist!« Aus dem Wald kam ein bärtiger Mann gelaufen, die Hände vor den blutenden Leib gehalten, und fiel vor dem König zu Boden. Zusammen mit dem Einsiedler öffnete der die Kleider des Mannes, wusch, so gut er konnte, die tiefen Wunden und verband sie immer wieder, denn das Blut ließ sich nur schwer stillen. Schließlich bat der Verwundete um Wasser. Der König trug frisches Wasser herbei und gab ihm zu trinken.

Inzwischen war die Sonne untergegangen, und es war kühl geworden. Der König und der Einsiedler trugen den Verwundeten in die Hütte und legten ihn aufs Bett. Der Verwundete hörte auf zu stöhnen und schlief ein. Und auch der König war so müde und erschöpft, dass er auf der Türschwelle der Hütte in tiefen Schlaf fiel.

Als der König am Morgen aufwachte, wusste er zunächst gar nicht, wo er war und wer da vor ihm ausgestreckt auf dem Lager ruhte und ihn mit leuchtenden Augen ansah. »Vergib mir«, sprach der bärtige Mann mit schwacher Stimme. »Ich kenne dich ja nicht und habe dir nichts zu vergeben«, erwiderte der König.

»Vielleicht erkennst du mich nicht«, sagte der Bärtige, »aber ich erkenne dich auch in diesen einfachen Gewändern. Du bist der König! Du hast meinen Bruder hingerichtet und all meine Güter geraubt. Aus Rache habe ich dich töten wollen, du aber hast mir das Leben gerettet. Wenn ich am Leben bleibe, dann will ich nicht mehr dein Feind sein, sondern dir als dein treuester Gefolgsmann dienen und auch meinen

Söhnen will ich befehlen, so zu handeln. Vergib mir!«

Da freute sich das Herz des Königs, dass er sich mit seinem Feind ausgesöhnt hatte. Er vergab ihm nicht nur, sondern versprach auch, ihm seine Güter zurückzuerstatten und ihm, sobald er wieder im Palast war, seinen Leibarzt zu schicken.

Dann trat der König vor die Hütte und schaute sich nach dem Einsiedler um. Der war draußen bei den Beeten, die er gestern umgegraben hatte, kniete am Boden und säte Gemüsesamen. Der König trat an ihn heran und sprach: »Ein letztes Mal bitte ich dich, weiser Mann, die drei Fragen zu beantworten, mit denen ich zu dir gekommen bin.«

»Aber du hast ja deine Antwort schon erhalten!«, erwiderte der Einsiedler lächelnd. »Wärst du gestern nicht aus Mitleid mit meiner Schwäche geblieben«, sagte der Einsiedler, »und hättest diese Beete nicht für mich umgegraben, dann wärst du allein durch den Wald zurückgegangen und dieser Mann hätte dich überfallen und dir Leid angetan. Somit war die richtige Zeit jene, als du die Beete umgrubst, der wichtigste Mensch für dich war ich, und das wichtigste Werk war, mir Gutes zu tun. Und dann, als du die Wunden dieses Mannes verbunden hast, war abermals die richtige Zeit, denn sonst wäre er gestorben, ohne dass er sich mit dir versöhnt hätte. Der wichtigste Mensch für dich war er, und das wichtigste Werk war, ihm Gutes zu tun.«

Merke dir: Die richtige Zeit ist nur eine: der Augenblick, denn nur über ihn können wir verfügen. Der wichtigste Mensch ist der, mit dem uns der Augenblick zusammenführt; denn niemand kann wissen, ob er noch je mit einem anderen zu tun haben wird. Das wichtigste Werk ist, diesem Menschen Gutes zu erweisen; denn nur dazu wurde der Mensch ins Leben gesandt.

Glücklich ins neue Jahr

RAINER HAAK

Ich glaube nicht, dass ich das Glück dort finde, wo am lautesten gelacht wird und wo die größten Autos vor der Tür stehen. Das Glück finde ich nicht im Überfluss. Ehe finde ich es dort, so habe ich festgestellt, wo ich bereit bin, die Schmerzen des Lebens auszuhalten.

Vielleicht finde ich das Glück draußen in der Schönheit und Einsamkeit der Natur. Vielleicht finde ich es, wenn ich die Kälte aushalte und nur meine eigenen Schritte höre. Und vielleicht dann, wenn ich heimkehre und erwartet werde.

Manchmal denke ich: Ich brauche nicht viel, um glücklich zu sein. Aber das stimmt nicht. Mich ganz einem Menschen zu widmen, das ist so viel mehr, als mal das eine zu tun und im nächsten Augenblick etwas völlig anderes. Weniger ist oft tatsächlich mehr.

Manche Tage sind zauberhaft, auch wenn es kalt ist und die Sonne nur kurz scheint. Manche Begegnungen sind unvergesslich, auch wenn nichts Spektakuläres passiert ist. Manches ist faszinierend, auch wenn es nichts kostet. Und eine kleine Geschichte kann mich tief berühren, auch wenn sie nur von der Geburt eines Kindes im Stall handelt.

Das neue Jahr liegt vor mir. Mein Leben liegt vor mir. Ich darf es gestalten. Und ich habe mich entschlossen. Ich will nicht andere für mich entscheiden lassen. Noch ist vieles möglich. Noch kann ich meine Seele befragen, wohin mich mein Weg führen soll. Gerade in der Weihnachtszeit lerne ich neu, dem Leben zu vertrauen. Auch wenn ich es nicht weiß, was mich erwarten wird, will ich mich auf den Weg machen. Manchmal wird es sehr anstrengend sein. Manchmal werden sich Hindernisse vor mir auftürmen. Und manchmal werde ich lächeln und glücklich sein.

Glücklich sind die Menschen, die sich auf den neuen Tag freuen und ihn als einzigartiges Geschenk sehen. Glücklich sind alle, die in der Dunkelheit darauf vertrauen, dass es auch für sie bald wieder hell sein wird. Jedes Jahr gerade zu Weihnachten wird mir deutlich, dass am Ende einer langen, dunklen Nacht immer wieder ein neuer Tag beginnt.

Das Mond-harfenlied

ANTJE SABINE NAEGELI

Und du weißt wirklich nicht, was das ist, ein Mondharfenlied?«, fragte das Kind erstaunt. Der alte Mann schüttelte ratlos den Kopf. Das Kind dachte lange darüber nach, warum ein Mensch so viel länger auf der Welt war und dennoch keine Ahnung hatte von so etwas Wichtigem.

»Es ist so«, begann es vorsichtig, »wenn du spät abends am Fenster stehst und in den Sternenhimmel hinaufschaust, dann wird es stiller und stiller. Und wenn es ganz still geworden ist, auch in deinem Herzen, dann kannst du auf einmal das Mondharfenlied hören. Es kann dich sehr glücklich machen.«

An diesem Abend stand der alte Mann lange am Fenster, richtete seinen Blick zum Himmel, aber das Mondharfenlied hörte er nicht. Auch am folgenden Abend stand er dort. Nichts geschah. Am dritten Abend wollte er fast schon aufgeben, aber er versuchte es noch einmal. Da musste er plötzlich daran denken, dass er vor langen Jahren als kleiner Junge genauso dagestanden und in die Nacht hinausgeschaut hatte. Und auf einmal, während er die Mondsichel betrachtete, hörte er einen leisen, unendlich schönen Klang. Das Mondharfenlied. Er wusste es sofort. Und er begriff im gleichen Augenblick, warum die meisten Menschen nichts hörten, wenn sie den Nachthimmel anschauten, und warum auch er nichts gehört hatte bislang. Das Geheimnis ist dies, dachte der alte Mann: Nur wer sich an seine Kinderaugen erinnert, der kann das Lied hören. Er war auf einmal sehr glücklich.

Wenn du abends im Dunkeln an seinem Haus vorbeigehst, dann kannst du ihn vielleicht hinter der Fensterscheibe erkennen. Du weißt, dass er dann das Mondharfenlied hört.

Autorinnen und Autoren

HEINRICH BEDFORD-STROHM: seit 2011 Landesbischof der Evangelisch-Lutherischen Kirche in Bayern, seit 2014 Ratsvorsitzender der Evangelischen Kirche in Deutschland. Verheiratet und Vater von drei Söhnen | DORIS BEWERNITZ: freie Autorin in Berlin, schreibt Krimis, Romane, Kurzgeschichten, Erzählungen, Lyrik und Satiren | MAX BOLLIGER (1929–2013): Schweizer Schriftsteller und Kinderbuchautor | DIETRICH BONHOEFFER (1906–1945): ev. Theologe, gestorben im Widerstand gegen den Nationalsozialismus | SIMON DACH (1605–1659): Dichter | MAX FEIGENWINTER: Schweizer Erwachsenenbildner und Autor | REGINA GROOT BRAMEL: Mutter vieler Kinder und Pflegekinder, Sozialpädagogin, Religionslehrerin, Reittherapeutin, Autorin | RAINER HAAK: ev. Theologe und Schriftsteller | FRANZ KAMPHAUS: kath. Theologe, 1982–2007 Bischof von Limburg, Autor | MARGOT KÄSSMANN: ev. Theologin und Autorin, seit 2012 Botschafterin der EKD für das Reformationsjubiläum 2017 | HILDEGUND KEUL: kath. Theologieprofessorin, Leiterin der Arbeitsstelle für Frauenseelsorge der Deutschen Bischofskonferenz | SELMA LAGERLÖF (1858–1940): schwedische Schriftstellerin | VRENI MERZ (1948-2011) Schweizer Religionspädagogin und Autorin | ANTJE

SABINE NAEGELI: ev. Theologin, Logotherapeutin und Existenzanalytikerin, Autorin | ULRICH PETERS: Verlagsleiter der Verlagsgruppe Patmos; Herausgeber und Autor | CORNELIA ELKE SCHRAY: Prädikantin und Referentin der Evangelischen Landeskirche Württemberg, Autorin | ULRICH SANDER: Verlagslektor und Herausgeber | ANDREA SCHWARZ: ausgebildete Industriekauffrau und Sozialpädagogin, heute pastorale Mitarbeiterin im Bistum Osnabrück, Referentin und Bibliolog-Trainerin, Autorin | CHRISTA SPILLING-NÖKER: ev. Theologin und Pfarrerin a. D. mit pädagogischer und tiefenpsychologischer Ausbildung, Autorin | PIERRE STUTZ: kath. Theologe und spiritueller Lehrer, Referent und Autor | LEO TOLSTOI (1828–1910): russischer Schriftsteller | JOHANNES TROJAN (1837–1915): deutscher Schriftsteller | STEFAN WEIGAND: Leiter einer Agentur für Buch- und Webgestaltung, Konzeptionsberater für Buchprojekte, Fotograf und Autor | PAUL WEISMANTEL: kath. Priester, Geistlicher Begleiter, Autor | UWE WOLFF: Theologe, Kulturwissenschaftler und Autor | LOTHAR ZENETTI: kath. Theologe, Priester, Autor | JÖRG ZINK (1922–2016): ev. Theologe und Pfarrer, Vertreter der Friedens- und Ökologiebewegung, Autor.

Quellen

S. 14: ANDREA SCHWARZ, Gott lässt grüßen. 52 Entdeckungen, 84–86. © Patmos Verlag der Schwabenverlag AG, Ostfildern 2016. | **S. 17:** VRENI MERZ, Großes fängt im Stillen an. © Matthias-Grünewald-Verlag der Schwabenverlag AG, Ostfildern 2009. | **S. 18:** STEFAN WEIGAND, Ein Mann, ein Wort. Adventskalender für Männer, 4. Dez. und 6. Dez. © Patmos Verlag der Schwabenverlag AG, Ostfildern 2016. | **S. 20:** MAX FEIGENWINTER, Weihnachtlich werden. Zueinander – füreinander – miteinander. © Verlag am Eschbach der Schwabenverlag AG, Eschbach/Markgräflerland 2015. | **S. 21:** HEINRICH BEDFORD-STROHM, Alles ändert sich. Die Welt im Licht von Weihnachten, 5; 23–28; 30. © Patmos Verlag der Schwabenverlag AG, Ostfildern 2016. | **S. 26:** CORNELIA ELKE SCHRAY, »Weihnachtsgeschenk«, in: Stille Zeit, heilige Zeit. Verlag am Eschbach der Schwabenverlag AG, Ostfildern 2016, 11. © bei der Autorin. | **S. 27:** FRANZ KAMPHAUS, Tastender Glaube. Inspirationen zum Matthäus-Jahr, 17–19. © Patmos Verlag der Schwabenverlag AG, Ostfildern 2016. | **S. 30:** LOTHAR ZENETTI, »Gebet um Zeit«, in: ders., Auf Seiner Spur. Text gläubiger Zuversicht, 169. © Matthias-Grünewald-Verlag der Schwabenverlag, Ostfildern 2011. | **S. 32:** DORIS BEWERNITZ, »Vom Engel, der die Zeit anhielt«, 15. © Verlag am Eschbach der Schwabenverlag AG, Eschbach/Markgräflerland 2016. | **S. 33:** MARGOT KÄSSMANN, »Gottes Engel weichen nie«, in: Beflügelt von den Farben des Lebens, Verlag am Eschbach der Schwabenverlag AG, Eschbach/Markgräflerland 2011, 4–10. © bei der Autorin. | **S. 38:** ULRICH PETERS, Der

Engel mit den gebrochenen Flügeln. © Verlag am Eschbach der Schwabenverlag AG, Eschbach/Markgräflerland 2015. | **S. 48:** UWE WOLFF, Das kleine Buch vom Schutzengel. Wie er dich durchs Leben führt, 46–47. © Verlag am Eschbach, Eschbach-Markgräflerland 2017. | **S. 50:** KLARA MERZ, REBECCA LÖHR, SEBASTIAN SCHMID, JULIA SCHUCK, VIVI TAXIS, Wernauer Adventskalender 2015, 24. Dez. © Patmos Verlag der Schwabenverlag AG, Ostfildern 2015. | **S. 52:** SIMON DACH (1605–1659). | **S. 55:** HILDEGUND KEUL, Weihnachten – Das Wagnis der Verwundbarkeit, 28–32. © Patmos Verlag der Schwabenverlag AG, Ostfildern 2. Aufl. 2014. | **S. 60:** DIETRICH BONHOEFFER (1906–1945): Predigtmeditation zu Jesaja 9,5f. Weihnachten 1940, in: Konspiration und Haft 1940–1945, DBW Band 16, S. 634; Meditation zu Weihnachten. Dezember 1939, in: Illegale Theologenausbildung: Sammelvikariate 1937–1940, DBW Band 15, S. 540; Predigt zu Lukas 1,46–55. London, 3. Advent, 17.12.1933, in: London 1933–1935, DBW Band 13, S. 340f.; Predigt zu Lukas 1,46–55. London, 3. Advent, 17.12.1933, in: London 1933–1935, DBW Band 13, S. 343f. | **S. 62:** JÖRG ZINK (1922–2016). © Verlag am Eschbach der Schwabenverlag AG, Eschbach/Markgräflerand. | **S. 64:** DORIS BEWERNITZ, »Botschaft der Engel«, in: Osenberg-van Vugt (Hg.), Weihnachtswunderzeit. Was die Welt verwandelt, Verlag am Eschbach der Schwabenverlag AG, Eschbach/Markgräflerland 2016, 38. © bei der Autorin. | **S. 65:** HEINRICH BEDFORD-STROHM, Alles ändert sich. Die Welt im Licht von Weihnachten, 91–97. © Patmos Verlag der Schwabenverlag AG, Ostfildern 2016. | **S. 72:** PAUL WEISMANTEL, Folge dem

Stern. © Schwabenverlag AG, Ostfildern 2015. | **S. 73:** REGINA GROOT BRAMEL, Blickkontakt mit dem Unsichtbaren. Biblische Auszeiten für jeden Tag des Jahres, 380–381. © Patmos Verlag der Schwabenverlag AG, Ostfildern 2016. | **S. 76:** MAX BOLLIGER (1929–2013), »Ein Riss in der Mauer«, in: ders., Ein Duft von Weihrauch und Myrrhe. Weihnachtslegenden. © Verlag am Eschbach der Schwabenverlag AG, Eschbach/Markgräflerland 2009. | **S. 79:** CHRISTA SPILLING-NÖKER, »Das perfekte Weihnachtsfest«, aus: dies., Wenn ein Licht vom Himmel fällt. Geschichten und Gedanken zur Advents- und Weihnachtszeit, 94–101. © Matthias Grünewald Verlag der Schwabenverlag AG. 2014. | **S. 90:** DORIS BEWERNITZ »Die Erinnerung« und »Nicht die Starken«, in: Clausing (Hg.), Geliebte Christrose. Mitten im Winter ein Wunder erleben, 18 und 21. © Verlag am Eschbach der Schwabenverlag AG, Eschbach/Markgräflerland 2016. | **S. 92:** CHRISTA SPILLING-NÖKER, »In der Mitte des Winters«. © Verlag am Eschbach der Schwabenverlag AG, Eschbach/Markgräflerland | **S. 94:** © ULRICH SANDER. | **S. 95:** JOHANNES TROJAN (1837–1915). | **S. 96:** SELMA LAGERLÖF (1858–1940). Der Text wurde in der deutschen Übertragung gekürzt. | **S. 106:** CHRISTA SPILLING-NÖKER, »Die Zeit«, in: Jeden Augenblick segnen. Segensworte für jeden Tag des Jahres, 28. Dez. © Verlag am Eschbach der Schwabenverlag AG, Eschbach/Markgräflerland. | **S. 107:** PIERRE STUTZ. © Verlag am Eschbach der Schwabenverlag AG, Eschbach/Markgräflerland. | **S. 110:** ANDREA SCHWARZ. © bei der Autorin. | **S. 113:** MAX FEIGENWINTER, Weihnachtlich werden. Zueinander – füreinander – miteinander. © Verlag am Eschbach der Schwabenverlag AG,

Eschbach/Markgräflerland 2015. | **S. 114:** NACH LEO TOLSTOI (1828–1910), zit. nach: Tolstoi, Die drei Fragen. Was im Leben wirklich zählt. Mit Bildmotiven von Margret Bernard. © Verlag am Eschbach der Schwabenverlag AG, Eschbach/Markgräflerland 2016. | **S. 119:** © RAINER HAAK. | **S. 121:** ANTJE SABINE NAEGELI, »Das Mondharfenlied«. © Verlag am Eschbach der Schwabenverlag AG, Eschbach/Markgräflerland, zit. nach: Hoffsümmer (Hg), 77 Sternenfenster. Geschichten für stille Zeiten, Ostfildern 2011, 78–79.